퇴근길, 독신 미인 상사에게
부탁받아서

1

노조미 코타 지음 / 시노 일러스트 / 조민경 옮김

프롤로그

분명 언젠가는 할 거라고 생각했다.

누군가와 할 거라고 막연히, 어렴풋이 생각했다.

왜냐하면 그것은— 인류가 줄곧 해 온 일이니까.

평소 생각하지도 않고, 별로 생각하고 싶지도 않지만— 이 세계에서, 이 역사에서 수많은 인류가 해 온 일.

모두가 그렇게 태어났다.

내 부모님도, 할아버지와 할머니도, 그 위의 조상님도, 또 그 위의 조상님도, 계속해서……. 나라는 자손으로 이어지는 모든 계보가 경험했고, 끊임없이 생명을 자아냈다.

살과 살이 부대끼는 남녀의 행위.

아이를 만든다는 신성하고 존귀한 행위.

특별하지만, 동시에 평범한 일이기도 하다.

아무리 돌려서 표현하려 해도 날것의 느낌을 숨길 수 없는 행위라고 생각하지만— 아이 만들기라고 말하면 조금은 수습이 될까?

아니, 별반 다르지 않나?

어쨌든.

그래서 어렴풋이— 언젠가는 나도 아이 만들기를 할 거라고 생각했다.

여자 친구 없는 세월=나이라는 애처로운 신세지만 어렴

풋이.

그것이 자연스러운 흐름이라고 느꼈던 부분은 있다.

언젠가는 사랑하는 사람과 맺어져 사랑이 넘치는 가정을 이루기 위해 아이를 갖기 위한 행위를 경험하게 될 거라고……. 그런 염원에 가까운 미래 예상도를 어렴풋이 그려 왔다.

하지만.

막상 직접 경험해 본 그것은―.

생각보다 훨씬 타산적이고 배덕했다.

"……윽."

몸이 뜨겁다.

머리가 끓어오를 것 같다.

가슴속에서 솟구쳐 온몸을 태우는 이 감정이 흥분인지 죄책감인지는 나도 잘 모르겠다.

도내의 러브호텔, 302호실.

침대 위, 한 쌍의 남녀가 뒤얽힌다.

한 명은 나― 또 한 명은 모노우 과장님.

내 직속 상사.

업무에 까다롭고 부하에게 엄격하며 사내에서는 일부가 '여제'라 부르며 두려워하는 여성이지만― 내게는 동경의 대상이기도 했다.

그런 여성과 지금.

나는 살갗을 포개고 있다.

"너, 넣습니다, 모노우 씨."

"응……."

모노우 씨는 말했다.

평소의 의연한 말투가 거짓인 양 작고 귀여운 목소리로.

"그대로 깊숙이 넣어 줘."

우리는 하나가 되었다.

실오라기 하나 걸치지 않은 태초의 모습으로 뒤얽혔다.

하지만 그곳에— 사랑은 없었다.

우리는 결혼하지 않았고, 연인 사이조차도 아니다.

사랑도 없이 몸을 포갰다.

오로지 그녀가 아이를 갖기 위한 행위.

이 **페어링**은 그녀의 부탁이었다.

모든 것의 시작은 한 달 전의 그날로부터—.

퇴근길, 독신 미인 상사에게 부탁받아서

제1장 모노우 과장님의 부탁

"사네자와, 이게 어떻게 된 걸까?"

모노우 씨는 강렬한 눈빛으로 나를 똑바로 노려보며 말했다.

장소는— 영업부 사무실.

조용하면서도 엄격한 질책에, 실내에는 팽팽한 긴장감이 감돌았다.

"이달 영업 실적을 아직 절반도 달성 못했잖아."

그렇게 말하며 벽에 붙은 영업 성적표를 가리켰다.

죽 늘어선 막대그래프.

내 이름 부분만 푹 꺼져 있었다.

"대형 출판사라고 가만히 있어도 책이 팔리는 시대는 진즉에 끝났어. 오락거리가 다양해진 요즘 시대에는…… 우리 영업직이 머리를 써서 팔지 않으면 아무도 책을 사지 않는다고."

"죄, 죄송합니다……."

직속 상사에게 지도를 받은 나는, 그저 머리를 숙일 수밖에 없었다.

"열심히 노력했지만, 생각처럼 안 돼서……."

"노력을 인정받는 건 학생 때까지야."

단호했다.

묵직한 정론이 복부를 후벼파는 듯했다.

다시 한번— 그녀를 바라보았다.

윤기 나는 흑발과 날카로운 눈빛. 눈매가 사나운 건 아니지만, 그 눈빛에는 다른 이를 압도하는 박력과 품격이 있다.

모두가 인정하는 미인에, 스타일도 뛰어나다. 흉부의 격렬한 주장은 슈트 위에서도 감출 수가 없다. 설교 중에도 나도 모르게 눈길을 빼앗길 뻔했지만, 필사적으로 자제했다.

"벌써 2년 차니까 사회인이라는 자각을 갖도록 해."

그렇게 잘라 말한 뒤 모노우 씨는 내게 등을 돌리고 걸어갔다.

"……휴우."

압력에서 벗어난 나는 작게 한숨을 쉬었다.

온몸에서 힘이 빠졌다.

"모노우 과장님~."

그녀가 영업부를 나서는데 한 여자 사원이 말을 걸었다.

내 동기— 카노마타 미쿠였다.

같은 영업부 소속이기는 하지만, 나와는 과가 다르다.

"주말에 부장님이 골프 치자고 하시는데요……. 거래처 접대니까 거절하지 말라면서요……. 게다가 하루 자고 온대요……."

그녀가 울먹이는 목소리로 보고했다.

모노우 씨는 미간을 찌푸리며 불쾌함을 표정에 살며시 드러냈다.

　　"……내가 부장님께 거절해 둘게."

　　"감사합니다."

　　"부장님도 잘못이지만, 당신도 더 의연하게 굴어. 그렇게 연약한 태도를 취하면 얕보인다고."

　　"……네에."

　　카노마타가 벌벌 떨며 고개를 끄덕이자 모노우 씨는 씩씩하게 영업부를 나섰다.

　　"……에휴."

　　내가 작게 한숨을 쉬며 자리로 돌아오자,

　　"당했구나, 사네자와?"

　　옆자리에 앉은 동료— 쿠츠와 쇼고가 히죽히죽 웃으며 말했다.

　　"어쩔 수 없잖아. 자업자득이지."

　　"여전히 무섭다니까. 우리 영업부의 '여제'님은."

　　어깨를 움츠리며 말하는 쿠츠와.

　　당사자가 없다고 당당히 말하기는…….

　　모노우 유이코.

　　직함은 과장.

　　명품 슈트를 갖춰 입은 압도적 미인.

　　내게는 상사이자, 입사 때부터 많은 도움을 준 사람이다.

　　나이는— 서른두 살이라고 들었다.

30대 초반의 젊은 나이에 '과장' 자리에 오른 사람은 우리 회사에 그녀 말고는 없다. 요컨대 어마어마하게 일을 잘하는 사람이다. 신입 시절에는 영업부의 에이스로 불렸다는 모양이다.

　업무 면에서는 반박할 수 없게 우수하다.

　반면, 상사에게도, 또 부하 직원에게도 엄격하기로 유명하다.

　사내에서는 경외를 담아 '여제'라 불린다.

　그리고.

　나로 말할 것 같으면…… 그런 여제에게 자주 혼나는, 아주 평범한 사회인 2년 차다.

　이름은 사네자와 하루히코.

　이렇다 할 특징도 없는, 지극히 평범한 스물세 살이다.

　'마루야마사(社)'.

　일본에 몇 개 있는 대형 출판사 중 하나다.

　소설, 만화, 그림책, 라이트노벨, 비즈니스 서적, 다이어트 서적 등등…… 책이라 불리는 것은 거의 다 출판한다.

　그런 대기업에 겨우 신입으로 들어올 수 있었다.

　출판사에서 일한다고 하면.

　"편집자시구나? 무슨 책을 만드세요?"

　이런 질문을 자주 받는다. 대부분의 사람들에게 출판사란 말 그대로 책을 만들어 출판하는 회사일 테니까.

하지만 당연히 출판사에도 편집 이외의 일이 많다.

영업도 그중 하나다.

작가나 편집자가 영혼을 담아 만든 책이 한 명이라도 많은 독자에게 전달되도록 최선을 다하는 것이 우리 영업부의 업무다.

독자들이 인식하지는 못하지만, 보람 있고 멋진 일이다.

영업부 사람은 모두 자신의 일에 긍지를 가진—.

"하아~아. 영업 진짜 못 해 먹겠네."

—건 아닐지도 모르겠다.

점심시간이다.

식사를 위해 동료인 쿠츠와와 밖으로 향했다. 엘리베이터에서 내리는 도중에 쿠츠와는 한숨과 함께 말을 이었다.

"빨리 편집부로 가서 책을 만들고 싶어."

"너는 편집부를 지망했던가?"

"당연하지. 영업을 하고 싶어서 출판사에 들어오는 놈이 어디 있냐?"

단언했다.

편견……이라고는 못 하겠다.

출판사에 입사한 인간은 대개 편집부를 지망한다.

역시 출판사의 꽃은— 책을 만드는 일일 것이다.

하지만 모든 신입이 원하는 부서에 갈 수 있는 건 아니기에, 인사부가 판단해 영업부를 비롯한 다른 부서로 배정한다.

영업부에 소속되어도 포기하지 않고 계속해서 편집부로 이동 신청을 하는 사람도 많다.

하지만 그렇다고 해도 모든 사람이 편집부에서 일할 수 있는 건 아니다.

최근 영업부에서 편집부로 간 사람도 있지만, 그 사람은 십 년 동안 영업을 한 끝에 마침내 희망 부서로 간 패턴이었다.

"사네자와, 너도 그렇잖아?"

"나는……."

잠시 생각한 뒤 말을 이었다.

"……지금은 이동을 생각할 여유가 없어. 일을 선택할 수 있을 정도로 우수하지도 않고. 눈앞에 놓인 일을 열심히 할 뿐이야."

"흐음. 여전히 똑똑한 우등생이네."

놀리듯 말하는 쿠츠와.

"어떻게 하면 망할 인사부가 나를 편집부에 넣어 줄까? 영업부에서 압도적인 성적을 내면 넣어 주려나?"

"영업부는 그런 녀석을 놓치지 않는다고 들었어."

"그럼 영업 일은 대충에 적당히 해서 아주 초라한 성적을 내겠어."

"그런 녀석을 희망 부서에 보내 주겠냐?"

"그렇겠지? 뭐가 이렇게 막막하냐? 희망 부서에 가려면 어떻게 해야 하냐고."

머리를 긁으며 고뇌하는 쿠츠와.

희망 부서에서 일하지 못한다.

많은 사회인이 품었을 고민이다.

어떻게 해야 할지는…… 아직 사회인 2년 차인 내가 알 리 없다.

바로 그때였다.

"—저기."

엘리베이터에서 내려 걸어가던 타이밍에 누군가가 말을 걸었다.

"영업부의 사네자와 씨 맞으시죠?!"

젊은 여자 사원 세 명이 눈을 빛내며 나를 보고 있었다.

낯선 얼굴이다.

올해 들어온 신입사원일까?

"그…… 괜찮으시면 연락처를 교환하지 않으실래요?!"

한 명이 결심한 듯 말했다.

남은 두 명도 입을 열었다.

"저, 저도 부탁드려요!"

"괜찮으시면 다음에 식사라도…….'"

"앗, 나도 가고 싶어!"

세 여자 사원이 바짝바짝 다가왔다.

옆에서 보기에는…… 어쩌면 부러운 구도일지도 모르 겠다.

모르는 여자 사원이 갑자기 말을 걸다니, 여자가 끊이지 않는 인기남처럼 보이겠지.

하지만 내 마음에는 또 시작이네, 하는 허무한 감정만이 싹텄다.

에휴.

또 이런 건가?

"……아, 미안하지만."

얼굴에 지긋지긋하다는 티가 나지 않도록 주의하며 말했다.

"형 사인은 어렵고, 축구선수 소개도 못 해."

"네?"

"아."

"아아……."

미소가 돌변하더니 일제히 불만스러운 표정을 지었다.

그 뒤에도 몇 번의 대화를 거쳤지만, 내가 부드러우면서도 단호하게 거절을 이어가자 이해할 수 없다는 표정으로 물러갔다.

시종일관 지켜보던 쿠츠와가 동정의 눈길을 보냈다.

"익숙하네."

"매번 있는 일이니까."

가볍게 대답하고 다시 걷기 시작했다.

회사를 나서 목적지인 정식집으로.

편의점 앞을 지났을 때―.

"…………."

창문에 붙은 커다란 포스터가 눈에 들어왔다.

『꿈을 포기하지 마.』

그렇게 아름다운 캐치프레이즈와 함께 프로 축구선수가 찍혀 있었다.

사네자와 슌이치로.

일본을 대표하는 축구선수 중 한 명.

포지션은 축구의 꽃인 스트라이커. 현재는 J1 팀에서 활약 중이며, 일본 대표로서 월드컵에 출전한 경험도 있다.

그리고.

나, 사네자와 하루히코의 친형.

지극히 평범한 사회인에 지나지 않는 내게 뭔가 하나라도 평범하지 않은 점이 있다고 한다면…… 피를 나눈 형이 엄청나게 유명한 운동선수라는 정도일 것이다.

"역시 그건가?"

친숙한 정식집에서 마주 앉은 쿠츠와가 물었다.

둘 다 우동을 주문했다.

"지나치게 위대한 형에게 콤플렉스가 있어?"

"……아무렇지도 않게 묻기는."

뭐, 오히려 고맙다.

괜히 배려하는 게 더 피곤하니까.

"……글쎄."

나는 말했다.

"그렇게 성가신 건 학창 시절에 전부 끝냈어."

가볍게 웃으며 말해줬다.

아마 자연스러운 미소를 지었을 것이다.

문득— 떠올렸다.

초등학교. 중학교. 고등학교. 대학교. 하얀색과 검은색
이 어우러진 공에 청춘을 모두 바친 나날. 아무리 쫓아가
도 닿지 않는 뒷모습. 마음을 어지럽히는 초조함과 고뇌.
구역질이 날 정도의 굴욕과 열등감. 어느 날 오른쪽 다리
를 관통한, 투둑, 하고 무언가가 끊어지는 소리. 상상을 초
월하는 격통. 수술. 딱딱한 깁스로 고정한 무릎. 지옥 같은
재활 훈련을 하던 나날. 한 발을 내디딜 때마다 스치는 재
발의 공포. 절망, 체념, 단념, 상심, 자포자기—.

정신을 차리고 보니 손이 무의식중에 오른쪽 무릎을 만
지고 있었다.

"…………."

괜찮다.

더 이상 통증은 없다.

몸에도, 마음에도.

축구에 미련은 없고, 위대한 형의 성공을 순순히 기뻐할
수 있다.

나는 확실히— 어른이 되었다.

분수를 알고 주제에 맞게 사는 평범한 어른이.

"평범한 사람은 평범한 사람 나름대로 노력해서 평범하게 살아야지."

나는 딱 잘라 말하고 남은 우동을 단숨에 후루룩 빨아들였다.

"그래. 샐러리맨도 멋진 직업이야."

쿠츠와도 동의했다.

"그보다 일단 너는 과장님한테 혼나지 말아야겠지."

"……나도 알아."

점심 식사로 연료를 보급한 뒤에는 회사로 돌아갔다.

새삼스럽게 사내를 둘러보니 대기업이라고는 생각할 수 없을 정도로 러프한 스타일인 사람이 많았다. 맨투맨이나 트레이닝복을 입은 사람이 드문드문 있었다. 며칠이나 집에 들어가지 못한 듯 피로에 찌든 얼굴도 보였다.

그건…… 아마 편집부 사람들일 것이다.

영업부는 슈트나 오피스 캐주얼 차림이지만, 편집부는 러프한 복장인 사람이 많다.

사내에서 만나는 편집자들은…… 대개 몹시 지친 모습이다.

책을 만들어 세상에 내놓는 작업이 얼마나 가혹한지가 전해진다.

쿠츠와는 편집부로 이동하고 싶다고 말하지만…… 목숨

을 갈아 넣어 일하는 그들을 보고 있으면 나는 썩 내키지 않는다. 동기 중에 원하는 대로 편집부에 들어간 녀석은……만날 때마다 말라가는 것 같다.

"뭐, 하지만."

영업부가 있는 층까지 돌아온 뒤 쿠츠와가 말했다.

"모노우 과장님, 너한테 쓸데없이 엄격한 것 같기도 해."

"…………."

"너는 신입 연수 때부터 그 사람 밑에 있었던가?"

"응……. 모노우 과장님이 실컷 부려 먹었어."

신입 무렵— 즉, 작년에 교육 담당을 맡은 사람이 모노우 과장님이었다.

본래대로라면 직함이 과장인 사람이 할 일은 아니지만, 마침 그 무렵 영업부에서 몇 명이 퇴직 및 이동하는 바람에 정신이 없었기에 모노우 과장님이 직접 나를 맡게 되었다.

"애제자 같은 건가? 사랑받는구나."

"놀리지 마. 자기가 지도한 사람이 성적이 안 좋으면 그야 화도 나겠지."

그 점은 미안하게 생각한다.

모노우 과장님도 분명 화내고 싶어서 화내는 건 아닐 테니까.

"워커홀릭 같아 보이지? 아직 독신이던가?"

"그렇다나 봐."

기혼이라는 말은 못 들었다.

남자 친구도…… 아마 없을 것이다.

"일이 애인인가 보네. 아무리 미인이라도 성격이 그렇게 빡빡해서야. 남자도 꼬실 마음이 안 들겠지."

실실 웃으며 보란 듯이 험담을 했다.

뭐, 상사를 험담하는 정도는 평범한 사회인의 모습일 것이다.

말단 사원은 이런 식으로 교류가 깊어지는지도 모르겠다. 심지어 나는 혼이 난 직후다. 겉으로는 꾸벅거리며 사과하면서도 속으로는 혀를 내밀며 동료와 불평하는 게 요령 좋은 사회인인 것도 같다.

하지만—.

"……나는 꽤 좋은데, 모노우 과장님."

나는 굳이 말했다.

쿠츠와는 눈을 동그랗게 떴다.

"뭐……? 야, 진심이냐? 뭐야, 그렇고 그런 거야? 너 연상이 취향이었어?"

"아니, 그런 게 아니라……."

모노우 과장님은 확실히 엄격한 사람이다.

신입 시절에는 몇 번을 혼났는지 셀 수도 없고, 지금도 여전히 엄격하다.

하지만— 난폭한 사람은 아니다.

이치에 맞는 말만 하고, 부당한 말은 하지 않는다. 상대를 한 명의 사회인으로 보기 때문에 질타와 격려를 해 준다고 느낀다.

여제는 여제지만, 백성과 신하를 학대하는 폭군은 아니고 강한 의지와 엄격함으로 민중을 옳은 길로 이끄는…… 그런 타입의 주군일 것이다.

"사회인으로서 존경해."

서른두 살의 젊은 나이에 과장.

일을 척척 해내고, 주위에서도 인정받는다.

정말로 훌륭하고 멋진 사람이라고 생각한다.

나도 빨리 그렇게 자립한 어른이 되고 싶다.

"아. 알았다. 가슴? 그 근사한 가슴을 노리는 거지?"

쿠츠와가 신이 나서 말했다.

사람이 말을 하면 좀 들어라. 나 참.

"너 말이야, 가슴으로 여자를 고르다가는 큰코다칠걸~?"

"……물론 과장님의 가슴은 참을 수 없지만."

입을 연— 그때였다.

"어머나."

딱.

모퉁이를 돈 순간 낯익은 명품 슈트와 마주쳤다.

호랑이도 제 말 하면 온다더니 모노우 과장님이었다.

"모, 모노우 과장님……?!"

황급히 자세를 고쳤다.

순식간에 폭포 같은 땀이 등을 적셨다.

큰일 났다.

설마 방금 그 말을 들었나……?!

"아, 아니에요. 방금 그건 이 녀석이— 어디 갔지?!"

변명하며 옆을 보고는 경악했다.

쿠츠와는 혼연히 자취를 감춘 뒤였다.

내가 놀라 경직된 사이 어딘가로 훌쩍 사라진 모양이다.

부아가 치밀 정도로 요령이 좋은 녀석이다.

이런 녀석이 출세하는 거겠지.

"저, 저기 말이죠……."

"뭘 그렇게 당황해?"

말끝을 흐리는 내게 모노우 씨는 의아하다는 듯 말했다.

어라?

혹시…… 방금 그 말을 못 들었나?

"……아. 아무것도 아니에요."

럭키. 위험했다. 위험했어. 방금 그건 성희롱 수준이었으니까. 만약 들었다면 얼마나 불쾌했을지.

안도해 가슴을 쓸어내리는데,

"……아까는 미안했어."

모노우 씨가 머리를 살짝 숙였다.

"네?"

"굳이 다른 사람들 앞에서 화낼 것까지는 없었어. 실적 이야기는 따로 불러서 주의를 주면 그만인데……."

"과장님……."

"아무리 성적이 처참했다지만."

"윽……."

조금 미안한 듯 했지만, 그러면서도 촌철살인의 발언을 하는 모노우 씨.

뭐, 어쩔 수 없지.

이번 달 성적은 변명의 여지가 없으니까.

"……괜찮아요. 성적이 안 좋으면 주의받는 게 당연하니까요."

나는 마음을 다잡고 말했다.

"저야말로 죄송합니다. 앞으로 꼭 만회할게요. 앞으로는 과장님께 칭찬받을 수 있게요."

"그래. 열심히 해 봐."

"네."

"……내 칭찬이 노력의 동기가 되는 건 좀 그렇지만."

"그, 그건, 작은 목표라고나 할까요……? 아하하."

"못 말려……."

모노우 과장님은 쓴웃음을 짓더니 작게 웃었다.

좀처럼 미소를 보이지 않는 사람이지만, 절대 웃는 일이 없는 사람은 아니다.

온화한 분위기를 자아내면서 내가 사무실로 돌아가려 하자,

"……저기, 사네자와."

모노우 씨가 나를 불렀다.

왠지 진지한 말투로.

그리고 결심한 듯한 표정으로.

"오늘 밤에 시간 있어?"

업무 시간 종료 후—.

끌려간 술집은 사람들로 북적이는 번화가에서는 조금 떨어진 곳에 있었다. 가게 외벽에는 복잡한 메뉴 간판은 없고 간단한 서체로 가게 이름만 적혀 있을 뿐이었다.

내가 가끔 이용하는 저렴한 체인점과는 전혀 달랐다.

세련되고 고급스러운 가게였다.

"모노우로 예약했습니다."

"기다리고 있었습니다."

익숙한 모습의 모노우 씨.

점원의 안내를 받아 가게 안쪽으로 들어갔다.

조금 넓은 개별 룸.

"왜 그래? 초조해 보이네."

웃옷을 옷걸이에 걸며 모노우 씨가 말했다.

"그게…… 좀 긴장돼서요. 역시 과장님은 좋은 곳에서 술을 드시네요."

"그렇게 자주 오는 건 아니야. 전에 한 번 거래처 사람이 데려온 적이 있어."

자리에 앉고 조금 지나자 기본 안주가 나왔다.

그때 마실 것도 주문했다.

"나는 하이볼. 사네자와는?"

"저도 같은 걸로 주문할게요."

"……굳이 맞추지 않아도 괜찮아. 술 못 마시면 음료수를 주문해도 돼."

"아뇨, 괜찮아요. 하이볼 좋아하거든요."

주문이 끝나고 점원이 나갔다.

어쩐지 일단락된 기분이 들었다.

"설마, 과장님이 한잔하러 가자고 하실 줄은 몰랐어요."

"난 술로 친목을 다지는 부류가 아니니까."

작게 한숨을 쉬는 모노우 씨.

"예전부터 상사가 불러도 단호히 거절했고."

"……아하하."

"후배를 부른 건…… 오늘이 처음일지도 모르겠네."

"……네?"

자연스레 내뱉은 말에 가슴이 쿵쾅거렸다.

무슨 뜻일까? 무슨 의도가 있는 걸까? 아니면 그냥 사실을 말한 걸까? 사실이라면 왜 나를 불러서—.

골똘히 고민하는 사이에 하이볼이 나왔다.

두 잔의 하이볼을 순서대로 받았다.

"수고했어."

"고, 고생하셨습니다."

유리잔을 부딪쳤다.

마시기 시작한 지 한 시간쯤 지났을까?

"─그러니까 출판 업계는 '판매'를 더 진지하게 생각해야 해. 출판 업계를 둘러싼 환경은 믿을 수 없는 속도로 변하고 있어. 그런데 상부에는 아직도 '좋은 책을 만들면 자연스레 팔린다'는 고리타분한 생각을 가진 사람들이 많아."

열변을 토하는 모노우 씨.

처음에는 서로 조금 긴장한 느낌도 있었지만, 알코올의 힘 덕분인지 한 시간이 지났을 무렵에는 자연스레 말할 수 있게 되었다.

모노우 씨는 아직 두 잔째로, 페이스는 그리 빠르지 않았다.

그렇게까지 술이 세지는 않은 걸까?

얼굴은 발그스름해서 평소보다 섹시해 보였다.

"잘나가는 책에 홍보비를 투입하는 일은 누구든 할 수 있으니까, 그보다 더 전 단계부터 편집부와 긴밀히 연계해서─."

거기까지 단숨에 말한 모노우 씨는 깜짝 놀라 입을 틀어막았다.

"……미안해. 이런 자리에서까지 일 얘기를 하다니 재미없지?"

"아니에요. 과장님다워서 좋아요."

나로서는 칭찬을 할 생각이었다.

열심히 일하는 당신을 존경한다는 뜻으로 말이다.

그런데,

"음……."

모노우 씨는 입을 삐죽 내밀고는 토라진 듯한 표정을 지었다.

"……뭐야. 나는 할 줄 아는 게 일밖에 없는 재미없는 여자라는 뜻이야?"

"네……? 아뇨, 아뇨, 그런 뜻이 아니라……."

야단났다.

정반대의 뜻으로 받아들이고 말았다.

"나도 말이지, 술자리에서 할 법한 재미있는 얘기를 하려고 마음만 먹으면 할 수 있다고."

단호히 잘라 말하며 하이볼을 벌컥 들이켜는 모노우 씨.

쾅, 하고 유리잔을 내려놓은 뒤 말했다.

"사네자와는…… 여, 여자 친구 있어?"

말하면서도 조금 힘들어 보였다.

갑자기 세속적인 이야기가 됐네!

"그, 그게……."

"……어때?"

나를 빤히 바라보았다.

"……어, 없어요."

순간 많은 생각이 들었지만, 생각을 정리하지 못한 채 나도 모르게 진실을 뱉고 말았다.

"심지어…… 사귀어 본 적도 없어요. 아하하."

"……그렇구나."

모노우 씨는 조금 놀란 표정을 지었다.

아뿔싸. 딱히 과거 경험까지 말할 필요는 없었나……?

'지금은 없어요'라고 허세라도 부릴 걸 그랬다.

"의외네……. 사네자와는 인기 많을 것 같은데."

"아뇨, 전혀 없어요. 계속 인연이 안 닿더라고요."

"그럼 혹시―."

모노우 씨는 말했다.

아주 살짝 몸이 앞으로 기울어졌다.

"―동정, 이야?"

"윽?!"

하마터면 뿜을 뻔했다.

동정.

설마 그런 단어가 이 엄격한 상사의 입에서 튀어나올 줄은 몰랐다.

이것도 술의 힘일까?

"……그, 그런 셈이죠. 부끄럽지만."

"흐, 흐음……."

뚫어지게 바라보는 모노우 씨.

으아악, 미치겠네. 무지하게 창피해.

"그, 그런 가게에는 안 가 봤어?"

"얘기는 들어 봤지만…… 왜, 왠지 무서워서……."

"흐음…… 겨, 결벽증이구나? 조, 좋네. 소중히 여기는 것 같아서."

"……아뇨, 겁이 많은 거예요……. 아하하."

"…………."

"…………."

심상치 않은 불편함이 실내를 가득 채웠다.

내가 수치심에 짓눌릴 것 같던 그때,

"……미, 미안해!"

갑자기 모노우 씨가 힘차게 머리를 숙였다.

"네?!"

"내가 무슨 말을 하는 거지……? 아무리 술자리라지만 부하에게 이런 질문을 하다니……. 완전히 성희롱이네. 요즘 세상에 남자고 여자고 상관없잖아."

"괘, 괜찮아요. 신경 쓰지 마세요."

"하지만……."

당황하며 정말로 미안한 표정을 짓는 모노우 씨.

그런 표정을 지으면 내가 더 미안해진다.

"괜찮다니까요. 뭐랄까…… 그, 성희롱은 상대가 불쾌함을 느껴야 성립되잖아요."

필사적으로 말했다.

"저는 과장님이라면 동정이라고 놀려도 싫지 않아요!"

"…………."

"굳이 따지자면 오히려 기쁘다고 할까요……? 응? 어

라? 아뇨, 그런 뜻이 아니라…….”

응? 어라?

아니, 아니다. 뭔가 이상하지 않나……?!

“……픕.”

어리둥절한 표정의 모노우 씨가 잠시 후 뿜었다.

“아하하. 그게 뭐야? 변태 같아.”

입을 열고 즐겁게 웃었다.

일할 때 보던 철가면이 거짓말인 양.

아, 그렇지.

나는 알고 있다.

모노우 씨는 매우 엄격한 사람이라 여제라고 불리지만,
웃지 않는 사람은 아니다.

그리고 이따금 진심으로 웃을 때― 아이처럼 웃는 사람
이다.

“사네자와는 착실해 보이는데 의외로 속은 음흉하네.”

나를 빤히 바라보았다.

“……내 가슴이 참을 수 없다고도 했고.”

“윽?! 여, 역시 그거 들으셨군요…….”

“들렸어. 정말이지……. 사네자와는 항상―.”

설교 모드에 돌입한 모노우 씨였다.

다시 한 시간 뒤―.

술집을 나와서 둘이 밤거리를 걸었다.

알코올 때문에 달아오른 몸에 밤바람이 기분 좋았다.

"잘 먹었습니다. 얻어먹어서 죄송하네요."

"신경 쓰지 마. 상사로서 당연한 일이야."

모노우 씨는 말했다. 얼굴은 빨개졌지만 곤드레만드레 취한 정도는 아니고 아직 여유로워 보였다. 나도 그렇게까지 많이 마시지는 않았다.

뭐랄까.

서로 상식적인 범위 내에서 즐겁게 마신 모양새였다.

"나야말로 미안해. 이런 아줌마가 같이 술이나 마시자고 해서."

가벼운 자학에 나는 고개를 붕붕 저었다.

"무슨 말씀이세요! 과장님은 전혀 아줌마가 아니에요. 아직 아름답고…… 아, 그게…… 아하하."

"후훗. 고마워. 사네자와는 다정하네."

쑥스럽게 웃는 내게 모노우 씨도 미소를 지어 주었다. 달아오른 얼굴이 한층 더 섹시해 보여서 어쩐지 가슴이 뛰었다.

나도 알코올 때문인지 두둥실 행복한 기분이었다.

아아, 즐거운 술자리였다.

모노우 씨의 새로운 일면도 잔뜩 볼 수 있었고 음식도 맛있었고.

내일부터 일할 활력이 솟구칠 것 같다.

"그러고 보니 과장님, 집이 어디세요? 택시 타실 거면 제가 잡을게요."

"—저기, 사네자와."

내가 걸어가려는데 모노우 씨가 말했다.

발을 멈추고 똑바로 나를 바라보며.

어쩐지— 아까까지와 모습이 조금 달랐다.

얼굴은 여전히 빨갰지만, 그 눈은 대단히 진지했다.

그러면서 어딘가 겁먹은 것처럼 보이기도 했다.

마치 뭔가, 인생을 좌우하는 커다란 결단을 내린 듯—.

"……오늘은 조금만 더 같이 있어 줄래?"

"네……?"

조금 맥이 빠졌다.

새삼스레 무슨 말을 하나 했더니.

나로서는 바라 마지않는 유혹이었다.

나도 모노우 씨와 더 마시고 싶었다.

"좋아요. 오늘은 얼마든지 함께할게요."

쏴아아.

물이 흐르는 소리가 욕실에서 울려 퍼졌다. 불투명 유리 너머에서 나는 소리는 상당히 작았고— 내 심장 소리가 훨씬 더 요란했다.

나는 이미 샤워를 마치고 목욕 수건 한 장을 허리에 두른 채 침대에 앉아 있었다. '이런 곳'에는 난생처음 들어왔는데, 내부는 의외로 청결하고 세련돼서 평범한 숙박 시설 같았다.

다만…… 침대 위에 있는 조명 조작 장치.

머리맡에는 비타민이 들었을 것 같은 정사각형.

그런 것들이 여기가 '그런 곳'이라고 강력히 주장하고 있었다.

술집을 나선 지 약 한 시간 뒤.

우리는— 러브호텔 안에 있었다.

"……응?"

아니, 잠깐만.

이게 뭐지?

이 상황은 뭐야?

이 급전개는 뭐냐고?!

1차를 마친 뒤 과장님의 제안을 받아들여 따라갔고, 2차는 어디서 마시는 걸까 생각하는데…… 도착한 곳은 러브호텔. 머리가 패닉 상태에 빠진 채 '샤워 먼저 할래?'라는 말을 들어 그렇게 했고— 지금은 모노우 씨가 샤워 중이다.

……아니, 아니, 아니, 아니.

영문을 모르겠다.

이거 어쩌면 좋지?

그러니까 나는…… 이제부터 하, 하는 거지?

제안받은 거 맞지?

모노우 씨에게 육체관계를―.

"―윽."

큰일 났다. 진짜로 큰일 났다. 긴장돼서 토할 것 같다. 속도 쓰리다.

술은 진즉에 깼다.

설마 이렇게― 순조롭다고?

어른이란 이런 건가?

나는 동정이라고 했는데……. 아니, 오히려 반대인가? 모노우 씨는 그래 봬도 동정을 가르치는 게 취미인가?

아니, 하지만…… 쉽게 이래도 되는 건가? 제대로 된 순서는…… 어라? 아니, 하지만 일일이 고백하는 건 학생 때까지랬나? 어른은 이런 관계부터 시작해서 사귀는 게 일반적이라고 들은 것 같기도 하고, 아닌 것 같기도 하고―.

달칵.

문을 여는 소리가 났다.

머리가 터질 정도로 고민하던 나는 반사적으로 얼굴을 들었다.

숨을, 삼켰다.

"……오래 기다렸지?"

모습을 드러낸 모노우 씨는― 샤워 가운을 입고 있었다.

요염한 곡선이 다짜고짜 강조되었다. 슈트 위로도 알 수 있던 폭력적인 스타일이 더 큰 파괴력으로 눈에 날아들었다.

머리카락은 젖지 않았다. 몸만 씻은 모양이었다. 아아, 그러고 보니 이럴 때 머리는 감지 않는구나. 꼼꼼히 샴푸질까지 한 내가 어쩐지 부끄러웠다.

모노우 씨의 얼굴과 피부는 붉게 물들어 있었다.

알코올 때문일까, 샤워 때문일까?

아니면— 나와 같은 긴장과 흥분을 했기 때문일까?

직감으로 알았다.

이 사람은 지금 내가 안아 주길 바란다는 걸—.

"……사네자와."

한 걸음, 두 걸음, 세 걸음.

모노우 씨가 천천히 다가왔다.

심장이 쿵쾅쿵쾅 뛰었고, 머리가 새하얘질 것 같았다.

그녀를 똑바로 바라볼 수 없어 바닥을 보았다.

"저, 저기…… 여, 역시 이런 건……."

이 상황에 한심한 말이 나왔다. 구리다. 정말 구리다. 그녀를 배려한 것일지도 모르지만…… 실제로는 마지막 순간에 잔뜩 위축되었을 뿐이다.

"그게…… 제, 제대로 사귄 뒤에 하는 게—."

툭.

말하는 도중에 무언가가 떨어졌다.

바닥만 보던 내 시선에 들어온 것은— 샤워 가운.

그게 의미하는 바는, 반사적으로 얼굴을 들자 바로 이해할 수 있었다.

"윽."

말을 잃었다.

방은 어둑어둑했지만, 이렇게 지근거리에서는 모든 게 똑똑히 보였다.

샤워 가운 안은— 거의 알몸이었다.

몸에 착용한 것이라고는 하복부를 덮은 검은 속옷뿐.

위에는 아무것도 입지 않은 채 손으로 가렸을 뿐이었다.

포동포동한 허벅지. 커다란 엉덩이와 적당히 잘록한 허리. 그리고 압도적인 박력과 중량감을 자랑하는 가슴. 어떻게든 양손으로 가리려 하고는 있지만, 당장이라도 쏟아질 것만 같았다.

폭력적이리만큼 글래머러스한 여체—

"……그게, 나는, 이미 서른이 넘어서……."

긴장과 불안에 떨리는 목소리로 말하며 모노우 씨는 또 내게 다가왔다.

풍만한 여체가 눈앞에 육박했다.

"혹시나…… 사네자와의 처음이 이런 연상이라도 괜찮다면."

그녀는 말했다.

손을 뻗어 나를 끌어안고 침대에 쓰러뜨리려 하면서.

"부탁이야……. 나를, 안아 줘."

그것은 마치 애원 같았고, 동시에 기원 같기도 했다.

귀에 다다른, 달콤하게 아양을 떠는 듯한 목소리.

콧구멍을 간질이는 그녀의 향기.

온몸에 느껴지는 부드러운 살갗의 감촉.

이 순간— 이성은 날아갔다.

나는 그녀를 거세게 끌어안으며 풍만한 여체에 맹렬하게 달려들었다.

……'이성은 날아갔다'고 표현했지만, 막상 시작되자 의외로 이성을 유지해야 하는 타이밍이 많았다.

여하튼 나는 경험이 없다.

본능만으로 싸울 수 있을 정도로 여유는 없었다.

필사적으로 머리를 굴렸다. 인터넷 기사, 야동, 친구의 무용담…… 그런 기억을 끌어내며 어떻게든 더듬더듬 싸웠다.

하지만—.

만질 때마다 울려 퍼지는 달콤한 교성이 이성을 죽이려 들었다. 본인은 자신 없는 듯했지만, 피부로 느끼는 그녀의 육체는 몹시도 매력적이라 경험이 없는 내게는 자극이 너무 심했다.

"……스, 슬슬, 괜찮을까요?"

침대 위—.

그녀를 덮친 자세로 나는 물었다.

가느다란 손가락이 단단히 움켜쥐었다.

그리고 억지로— 삽입하려 했다.

"잠깐…… 기다…… 그렇게 억지로…….."

당황해 허리를 빼려 했지만 말 그대로 급소를 잡혔으니 생각처럼 움직일 수 없었다.

격하게 결합을 바라는 그녀와 필사적으로 거절하는 나.

서로의 대립 때문에 결합은 순조롭게 진행되지 못한 채 여러 차례 입구에서 부딪치고 스쳤으며 이윽고—.

"……앗."

"응……?"

마지막은 맥없이 찾아왔다.

심상치 않은 불편함이 실내를 가득 메웠다.

"……죄, 죄송합니다."

"……나야말로 미안해."

침대에 나란히 앉은 채 서로 사과했다.

하지만 이내 말이 끊어졌다.

부끄러운 나머지 죽고 싶은 심정이었다.

……구려.

아무리 동정이라지만 그건 아니잖아.

계속 달아올라 한계에 다다랐다지만 그런 식으로 폭발하다니. 스스로도 전혀 제어할 수 없어서, 그, 뭐랄까……

여기저기에 흩뿌려 뒤처리가 힘들었다.

"…………."

하지만.

나의 미숙함과는 별개로— 위화감도 느꼈다.

왜지?

모노우 씨는 왜 그토록 억지로—.

"사네자와."

옆에 앉은 모노우 씨가 입을 열었다.

아까까지의 요염한 얼굴이 거짓말인 양 진지한 말투로.

"……더 이상 숨기는 것도 예의가 아닐 테니 사실대로 말할게."

숨겨?

숨기다니 뭘?

"난 누구와도 사귈 생각은 없어."

모노우 씨는 말했다.

자갑게 내뱉는 듯한 말투로.

"지금의 라이프 스타일에 충분히 만족해. 결혼해서 누군가와 함께 생활하는 건 생각할 수 없어."

담담히.

마치 업무를 전달하듯 말을 이었다.

"누구와도 결혼할 생각은 없고, 남자 친구를 만들 마음도 없어."

하지만, 하고 모노우 씨는 덧붙였다.

"여자로서— 아이는 낳고 싶어."

"…………."

일순 사고가 멈추었다.

하지만 그것은 잠시였고, 이내 이해가 되는 것 같았다.

오늘 느낀 의문점들이 연쇄적으로 융해되듯이.

왜 내게 술을 마시자고 했는지. 왜 내게 여자 친구가 있냐고 물었는지. 왜 억지로 호텔에 데려왔는지. 왜— 피임을 강하게 거부했는지.

모든 의문점은 아주 간결한 답으로 귀결되었다.

그녀가 내게 바라는 게 무엇인지 답을 깨달았다.

"그러니까 사네자와."

모노우 씨는 말했다.

"이제부터 나랑— 아이 만들기만 해 주지 않을래?"

제2장 모노우 과장님의 인생관

아침 쨍이라는 표현이 있다.

픽션에서 사용하는 표현 기법의 일종.

남녀의 분위기가 좋게 흘러간 뒤, 시간이 흘러 장면이 바뀐다. 침대에 누운 두 사람이 아침을 맞이하고 밖에서는 새가 지저귀는 소리가 울려 퍼진다.

묘사하지 않은 공백의 시간에 성행위가 이루어졌음을 암시하는 기법이다.

결론부터 말하자면—.

나는 모노우 씨와 아침 쨍을 맞이할 수 없었다.

"…………."

부스스 몸을 일으켰다.

호텔—이 아니었다.

우리 집.

방 하나, 주방 하나인 혼자 사는 아파트.

나는 그 침대 위에서 깨어났다.

잠이 부족한 건 아니다. 막차가 끊기기 전에 집에 돌아왔다.

숙취도 아니다. 즐거운 술자리였지만 많이 마시지는 않았다.

그런데— 믿을 수 없을 정도로 머리가 무거웠다.

어젯밤에 나눈 대화를, 그녀의 부탁을, 지금도 받아들이지 못했다.

모든 것이 거짓말이기를 바라기까지 했다.

어젯밤―.

"……오늘은 그만 갈까?"

침대에 앉은 내게 모노우 씨가 말했다.

알몸에 샤워 가운만 두른 상태였다.

"갑자기 이런 말을 들으면 곤란하지?"

내 쪽을 보려 하지 않은 채 어딘가 자조적으로 말했다.

"앗…… 아니요."

"비상식적인 소리라는 건 알아. 당신은 성실한 사람 같거든……. 이런 부탁을 받아들이지 못하는 게 당연해."

그렇게 말하며 소파에 정리해 두었던 속옷을 집었다. 샤워 가운을 풀고 브래지어를 입기 시작했을 때, 나는 황급히 눈을 돌렸다.

"상사로서 명령하는 게 아니야. 그저 내 개인적인 부탁이지……."

모노우 씨는 말했다.

"싫으면 싫다고 해도 전혀 상관없어. 그때는…… 오늘밤 일은 깨끗이 잊고 지금까지처럼 상사와 부하 직원으로 되돌아가자."

혼잣말처럼 잘라 말하는 모노우 씨.

옷을 다 갈아입자 내 대답도 듣지 않고 나갔다.

홀로 남겨진 나는 그저 멍했다.

멍한 상태로 30분 정도 지난 뒤, 전철 시간을 떠올리곤 황급히 옷을 갈아입은 뒤 호텔 방을 나섰다.

침대에서 일어나 아침 준비를 하는 동안에도 머릿속에서는 내내 어제 일이 맴돌았다.

"······진심, 이겠지?"

농담은 아닐 것이다.

진지했다.

진지한— 부탁이었다.

모노우 씨는 진지하게 말했다.

내게 아이를 만들자고—.

"하지만······ 그게 말이 되나?"

결혼도 연애도 하고 싶지 않다.

그렇지만— 아이만은 원한다.

그러니 아이를 만들 파트너 역할을 부탁하고 싶다.

직접적으로 표현하자면, 내 정자만 원한다는 얘기다.

그렇군. 무슨 소리인지는 알았다.

하지만 그렇다고 순순히 납득할 수 있는 건 아니다.

그 외의 부분에서······ 이해가 안 됐다.

뭐랄까?

그런 게 아닌 것 같다.

아이 만들기란.

아이를 낳는다는 건.

그런 게 아니잖아.

『─다음 뉴스입니다. 최근 SNS에서 '정자 거래'가 확대
되고 있습니다. 공적 기관이 아닌 SNS를 이용한 개인 간
정자 제공. 그 문제점과 위험성에 대해 오늘은 전문가를
모시고─.』

슈트를 다 입은 타이밍.

습관처럼 틀어 놓은 텔레비전에서 흘러나온 화제가 쓸
데없이 시의적절해서 괜스레 귓가에 남았다.

정자 제공.

뉴스인가 인터넷에서 예전에도 본 적이 있다.

다양한 사정 때문에 일반적인 성행위로는 아이를 가질
수 없는 부부가 정자 은행에서 정자를 제공받아 의료 기술
로 아이를 갖는다.

의학의 진보로 인류는 그런 식으로 생명을 가질 수 있게
되었다.

최근에는 SNS의 발전으로─ 개인 간 정자 제공이 증가
하고 있다는 모양이다.

"…………."

회사로 가는 전철 안.

잠시 스마트폰으로 검색해 보니 충분한 정보가 나왔다.

SNS를 이용한 정자 제공.

내 생각보다 훨씬 더 증가해 활발하게 이루어지는 모양이었다.

실제로 정자 제공을 통해 태어난 아이도 많다.

그 제공 방법도 다양하다.

정자만을 건네는 패턴이 많지만— 개중에는 직접 만나 실제로 성행위를 하는 패턴도 있다고 한다. 그편이 의료 기관을 통할 필요가 없어 더욱 확실하고 빠르니까.

"…………."

어쩐지— 머리가 어지러웠다.

전철이 흔들려서가 아니다.

내 안의 가치관이 불안정해지는 감각이었다.

어쩌면 아이 만들기를 '그런 것'으로 단정했던 내가 시대에 뒤처지고 고지식한 가치관인지도 모르겠다.

그런 생각이 들었다.

아직 좀 어지러운 채 회사로 향하자—.

"—어머. 사네자와."

"모, 모노우 과장님……!"

엘리베이터에 타려는데 공교롭게도 모노우 과장님과 마주쳤다.

"좋은 아침. 이런 우연이 다 있네."

"그러게요……. 안녕, 하세요."

미치겠네. 묘하게 불편하다.

하루 만이라 제대로 얼굴을 볼 수가 없었다.

"안 타?"

"앗…… 타, 탑니다."

과장님의 재촉에 함께 엘리베이터에 탔다.

나와는 달리 모노우 씨는 평소와 다르지 않았다. 어제 일었던 일들이 모조리 거짓말인 양 태연한 얼굴이었다. 회사에서는 무슨 스위치가 켜지는 건가? 역시 모노우 씨다. 나와는 사회인으로서의 경험치가 다르다.

엘리베이터가 올라가기 시작했다.

밀실에서 단둘이.

어떤 의미로는 어제와 같은 상황.

어느 호텔 방, 희미한 어둠 속에서도 분명하게 목격한 알몸은 선명하게 뇌리에 새겨져— 아, 아니야! 세상에, 맙소사! 내가 무슨 생각을 하는 거야!

"왜 그래, 사네자와? 얼굴이 새빨간데?"

"아, 아무것도 아니에요……! 잠시, 어젯밤 일이 떠올라 버려서—"

"떠오르다니……~~?!"

모노우 씨의 얼굴이 순식간에 끓어오르듯 빨개졌다.

"못 살아! 아침 댓바람부터 무슨 생각을 하는 거야!"

"죄, 죄송합니다……. 저도 모르게 그만."

"자중해……."

모노우 씨는 얼굴에 손을 대고는 곤란한 듯한 표정을 지었다.

"아, 아무튼…… 사회인이라면 회사에서는 똑바로 행동해. 사적으로 무슨 일이 있었던지 회사에는 끌고 와선 안돼. 나도 필사적으로…… 크흠."

"……네?"

모노우 씨는 황급히 헛기침을 했지만 조금 늦었다.

필사적으로?

내가 반사적으로 바라보자 그녀는 한 손으로 얼굴을 가리며 부끄러운 듯 얼굴을 돌렸다.

"그, 그렇게 보지 마……."

"……죄, 죄송합니다."

어젯밤 일로 평정심을 유지하지 못한 건 아무래도 나 혼자만은 아니었던 모양이다. 철가면이 무너지며 빨간 얼굴을 필사적으로 감추려 했다. 그 모습은 어쩐지 몹시 귀여웠다.

이윽고— 엘리베이터가 목적지에 도착했다.

나와 그녀의 직장인 영업부가 있는 층에.

"……먼저 갈게."

문이 열린 순간, 모노우 씨는 도망치듯 걸어갔다.

"앗…… 잠깐만요."

그런 그녀를 나는 황급히 불러세웠다.

"어젯밤에 부탁하신 것 말인데요……."

모노우 씨가 발을 멈췄다.

필사적으로 말을 골랐다.

장소가 장소인 만큼 누가 들을지 모른다.

"그…… 조금 더 자세히 얘기를 듣고 싶어요."

"…………."

"밤새 생각해 봤는데…… 아직 전혀 생각이 정리되질 않았어요……. 그러니까 더 자세히 알고 싶어요."

나는 말했다.

거짓 없는 진심이었다.

알고 싶다.

더 자세히 알고 싶다.

그녀의 의도를, 그녀의 본심을.

"……점심."

잠시 틈을 둔 뒤 모노우 씨는 말했다.

돌아보지도 않은 채.

"오늘 점심에 잠깐 시간 좀 내줄래?"

"……아, 네."

내가 그리 말하자 그녀는 돌아보지도 않은 채 걸어갔다.

솔직히 말해서 일을 할 정신이 아니었지만, 그렇다고 해서 일을 하지 않을 수도 없었다.

심지어 나는 이번 달에 안 그래도 성적이 형편없다.

남보다 노력해야 한다.

"……아~ 끝났다. 밥 먹자, 밥."

정오가 되자 동료인 쿠츠와가 기지개를 켜며 말했다.

"밥 먹으러 가자, 사네자와. 오늘은 뭐 먹을까?"

"……미안. 선약이 있어."

"뭐?"

"모노우 과장님이 부르셔서."

"……우와~. 점심시간에까지 설교냐? 너도 힘들겠다."

"아하하."

웃으며 적당히 얼버무렸다.

단순한 설교나 잡일이었다면 얼마나 마음 편했을까?

약속 장소는— 오전 중에 연락받았다.

영업부 사무실에서 회의 공간이 즐비한 구역으로 이동했다.

맨 안쪽에 있는— 제5회의실.

그곳이 지정된 장소였다.

숨을 고르고 노크한 뒤 들어갔다.

대여섯 명이 사용할 만한 작은 밀실. 긴 테이블 너머에는 모노우 씨가 앉아 있었고, 나는 맞은편에 앉았다.

"……여긴 처음 와봐요."

"영업부 사람은 별로 이용하지 않으니까. 하지만 꽤 좋아, 여기. 사람이 거의 지나가지 않아서 비밀스런 이야기를 하기엔 딱 좋거든."

그렇게 말하며 모노우 씨는 쇼핑백을 테이블에 올렸다.

회사 근처에 있는 인기 샌드위치 가게의 로고가 적혀 있었다.

"이거 오전에 밖에 나갔을 때 사왔어. 괜찮으면 먹어."

"아…… 죄, 죄송합니다."

"괜찮아. 내가 점심시간에 불러냈으니까."

"감사합니다. 아…… 하지만 회의실은 음식물 반입을 엄금한다고……."

"아아…… 그건 지키는 사람이 거의 없으니 괜찮아."

가볍게 한숨을 쉰 뒤.

"뭐, 여하튼 여기서는 먹지 않는 게 좋을지도 모르겠네."

음식이 넘어갈 이야기는 아닐 것 같으니까, 하고.

모노우 씨는 자조 섞어 말했다.

"……진심, 이시죠?"

나는 말했다.

결심하고 말을 꺼냈다.

"어제 일은."

"……응. 그런 걸 누가 농담으로 하겠어."

모노우 씨는 무겁게 고개를 끄덕였다.

"왜죠……?"

"왜냐니?"

"그야, 이런 건…… 펴, 평범하지, 않으니까요……."

답답한 심정을 제대로 형언하지 못하고 그런 말밖에 나오지 않았다.

"……확실히 그렇지."

모노우 씨는 쓴웃음을 지었다.

"어제도 말했다시피…… 이게 비상식적인 부탁인 건 알고 있어. 하지만— 그렇게까지 이해할 수 없는 소리는 아닐 거야."

안 그래, 사네자와?

모노우 씨는 그렇게 말을 이었다.

"연애나 결혼을 하고 싶지 않아. 하지만 아이는 갖고 싶다, 이게 그렇게 이해할 수 없는 소망일까?"

"그, 건……."

"아마 나는…… 지금 사네자와가 말한 '평범함'에 진저리가 났을 거야. 평범하게 연애하고, 평범하게 결혼하고, 평범하게 아이를 낳고. 그게 여자의 행복— 주위에서 압박하는 그런 '평범함'에 혐오감이 들어……."

담담히 말했지만, 말 속에 강한 의지가 배어 있었다.

그리고— 비슷한 비율의 절망도.

"딱히 다른 사람의 가치관을 부정할 생각은 없어. 나도 지금은 연애도 결혼도 하기 싫다고 생각하지만…… 5년 뒤, 10년 뒤에는 가치관이 바뀌어서 누군가와 결혼했을지도 모르지. 하지만— 아이만은 그럴 수가 없어."

"…………."

앗. 그렇구나.

이제야 깨달았다.

다르다. 아이만은 다른 것이다.

연애와 결혼은 마음만 먹으면 언제든 할 수 있다.

극단적으로 말해서 할아버지와 할머니가 되어도 못 할 건 없다.

하지만 아이만은ㅡ.

"나도 이제 젊지만은 않으니까……. 3년만 지나면 서른 다섯 살……. 고령 출산이라 불리는 나이가 돼서 임신과 출산의 위험이 점점 커져. 그러니 지금, 30대 초반일 때 꼭 아이를 낳고 싶어."

"…………."

그게 그녀의ㅡ 인생 설계일 것이다.

숙고를 거듭하고 내린 하나의 결단.

나 따위가 말을 보탠다고 해서 생각을 바꿀 수 있을 리 없다.

그 정도의 각오로 이런 말은 하지 않을 것이다.

"물론…… 사네자와에게는 되도록 폐를 끼치지 않도록 할게. 아이가 태어난 뒤에 '책임져' 같은 말은 안 할 거고, 양육비도 필요 없어. 각서를 쓴대도 좋아."

확인한 건 아니지만…… 그럴 줄 알았다.

만에 하나 나와 관계를 맺어 아이가 생긴다면 혼자 그

아이를 키울 생각일 것이다.

오히려 출산 후에 내가 엮이는 게 민폐일 것이다.

내게 뭔가를 요구하는 건 아니다.

원하는 건 내가 아니라— 내 정자뿐이다.

"그러니까…… 그래. 나는 단순히 편히 안을 수 있는 여자라고 생각하면 돼. 아무 책임도 안 느껴도 돼. 마음이 내킬 때 성욕만 푸는 셈 치고 안아 주면 돼."

"성욕만 풀다니……."

형언할 수 없는 감정이 가슴을 메웠다.

이 기분은 뭘까? 미인 상사에게 이런 말을 들었을 땐 아무 생각 말고 환호하면 되는 걸까?

쏟아지는 성욕에 몸을 맡기면 되는 걸까?

하지만 유감스럽게도 그렇게 생각할 순 없다.

머리도 가슴도 무언가로 가득했다.

"……그러지 마세요. 편히 안는다니요."

나는 호소하듯 말했다.

"그렇게 생각할 순 없어요……. 왜냐하면 저는— 어제까지 동정이었다고요. 앗, 아니, 엄밀히는 지금도 동정이지만요……."

내가 더 경험이 풍부했다면.

경험 많고 여자와 난잡하게 노는 녀석이었더라면.

더 쉽게 이 문제에 답을 찾을 수 있었을까? 거절하든 받아들이든 이렇게 고민하지 않아도 됐을까?

"그러니까…… 좀 부담스럽다고 할까요?"

딱히 상대를 나무라고 싶은 게 아니다.

나로서는 그저 푸념한 거였다.

하지만―.

"그건…… 저, 정말 미안해."

모노우 씨는 깊게 머리를 숙였다.

무거운 그림자를 짊어지고 죄책감에 짓눌린 듯한 얼굴
이었다.

어라? 갑자기 분위기가…….

"그래……. 사네자와는 어제가 처음이었지……? 인생에
서 한 번밖에 없는 소중한 추억인데…… 나 때문에 그렇게
어중간하게."

"……아뇨, 저기."

"설마 그렇게 빨리……."

"……윽."

내 실패한 첫 경험에 대해 모노우 씨는 생각보다 마음에
두지 않은 모양이다.

기쁘……지는 않네. 아무래도.

오히려 그건…… 별로 신경 쓰지 않길 바랐다.

상처를 후벼파는 기분이었다.

"하, 하지만 나도 일단 노력은 했어. 최대한 좋은 추억을
만들어 주고는 싶었고…… 당신이 엉뚱한 곳을 만져도 지
적하지 않고 연기하면서……."

"……크헉."

치명상!

오히려 방금 그게 치명상이었다!

상처 위를 푹 쑤셨다!

"나, 나도 그렇게 경험이 많은 편은 아니지만…… 만약 부탁을 들어준다면 다음에는 제대로 리드해서…… 응? 아, 아니, 아니야……. 내가 무슨 소리를 하는 거람?!"

"……저기, 이제 그만할까요? 제 나이브한 부분을 건드리는 건."

패닉 상태에 빠진 모노우 씨에게 나는 빈사 상태에서도 말을 쥐어 짜냈다.

이미 목숨 구걸에 가까웠다.

"그, 그래……. 으응. 좀 진정할까……?"

모노우 씨는 헛기침을 하고 작게 한숨을 쉬었다.

"일단 얘기는 대충 끝났을까?"

그리고 정리된 말투로 말하더니 자리에서 일어났다.

"어제도 말했다시피 강제할 생각은 전혀 없어. 싫으면 싫다고 단호하게 거절해 줘."

하지만, 하고 말을 이었다.

"대답이 어떻든…… 빨리 해 주면 고맙겠어. 아까도 말했듯이…… 내게는 시간이 별로 없으니까."

자조하듯 그렇게 말한 뒤 모노우 씨는 방에서 나갔다.

나는 한동안 생각에 잠긴 뒤 샌드위치가 든 쇼핑백을 들고 뒤따라 나갔다.

다행인지 불행인지 일은 산더미처럼 많았다.

일에 파묻혀 있는 동안에는 다른 생각을 할 수 없었다.

순식간에 퇴근 시간이 찾아왔다.

하지만 칼퇴근은 요원했고, 한두 시간쯤 야근하고서야 오늘의 업무가 끝났다.

회사를 나서려 하는데 넋이 나간 인간과 몇 번인가 스쳐 지났다. 아마 편집부일 것이다. 밖에서 저녁을 먹고 또 일을 할 것이다. 막차 or 밤샘이 디폴트인 편집부에 비하면 영업부의 야근은 귀여운 수준이겠지.

"어떻게 할래? 사네자와. 밥 먹으러 갈까?"

회사를 나섰을 때 함께 걷던 쿠츠와가 말했다.

"어떻게 할까……."

"야. 너 괜찮냐? 오늘 안색이 계속 안 좋아."

조금 걱정스럽게 말하더니 가벼운 말투로 말을 이었다.

"좋아, 결정했다! 한잔하러 가자. 여자 있는 데로. 응?"

"안 가. 그런 거 불편하다고 했잖아."

"나 참. 하여튼 재미없다니까."

"너야말로 괜찮아? 여자 친구도 있으면서 그런 가게에 다녀도?"

"아, 걔랑은 이미 헤어졌어."

태연히.

쿠츠와는 개의치 않는다는 듯 말했다.

쿠츠와의 여자 친구― 전에 딱 한 번 사진을 본 적이 있다. 술자리에서 만난 간호사라고 했는데…… . 그렇구나. 헤어졌구나.

"하지만 가끔 만나서 섹스는 해."

"섹…… ."

깜짝 놀라 말문이 막혔다.

"……세, 섹파라는 거야?"

"그렇게 거창한 건 아니야. 여러 가지로 성가셔서 헤어졌지만, 서로 솔로인 동안에는 즐기자는 거지."

"………… ."

자연스레 내뱉은 그 말이 내게 다른 세상만 같았다.

뭘까?

의외로 다들 그렇게 사나?

사회인이란, 어른이란…… 그런 건가?

뭐랄까…… 가볍다.

섹스가 가볍다.

그렇게까지 무겁게 생각하지 않는다.

딱히 나도 '결혼할 사람이 아니고서는 섹스해선 안 돼!' 라는 높은 정조 관념을 가진 건 아니지만…… 그래도 어렴 풋이 '사귀지도 않는 사람과 하는 건 좋지 않다'는 정도의 생각은 했다.

섹스를 신성시하는 마음이 있었다.

연애의 최종 지점처럼 생각하는 구석이 있었다.

하지만 그런 건…… 동정인 학생에게나 어울리는 순박한 가치관이지 성인의 가치관은 아닐까?

"…………."

아, 아니다.

애초에 나도 남 말할 입장이 아닌가?

결과적으로 불발로 끝났을 뿐— 나는 어제 모노우 씨를 안으려 했으니까.

사귀지도 않는 사람과 술김에, 성욕에 무릎 꿇어, 그저 쾌락을 위해 섹스하려 했다. '사귀기 전에 하는 건 좋지 않다'고 생각했으면서 막상 알몸으로 다가오니 도저히 참을 수가 없었다.

뭔가…… 구리다.

줏대도 없고 참 싫다.

무구한 아이만큼 청렴하지도 결백하지도 않으면서 이래저래 구분해서 생각할 수 있을 정도로 어른도 아니다.

아이도 어른도 아닌, 정말로 어중간한 존재가 나였던 모양이다.

"하지만 요즘 걔한테 새로운 남자가 생긴 모양이야."

내 고민 따위는 꿈에도 모르고 쿠츠와는 어이가 없다는 듯 전 여친 이야기를 계속했다.

"게다가 상대는 의사래. 딱히 미련이 있는 건 아니지만. 어째 자꾸 비참한 기분이 들어. 내가 안은 여자를 스펙 좋은 다른 남자가 빼앗으려 하니까."

"—윽."

태연한 그 한마디에 정신이 번쩍 들었다.

쿠츠와는 '이게 바로 NTR인가?' 하고 가볍게 웃으며 말했지만, 그런 말은 이미 귀에 들어오지 않았다.

새로운 남자.

스펙 좋은 다른 남자.

아, 그렇구나.

왜 이런 발상까지 생각이 미치지 못했을까?

내 생각만 하기 바빠서 상대를 전혀 생각하지 못했다.

모노우 씨의 부탁.

만약 내가 거절한다면 그녀가 **그 뒤에 어떻게 할지ㅡ.**

쿠츠와와는 금방 헤어졌고, 나는 편의점 도시락을 사서 집으로 돌아갔다.

평소처럼 쓸쓸한 저녁 식사를 마치며ㅡ 생각과 결심을 굳혔다.

빈 도시락통을 쓰레기통에 버리고 전화를 걸었다.

일단 연락처는 알고 있었지만, 이렇게 사적인 용건으로 전화를 거는 건 처음이었다.

『여보세요.』

수신자는 모노우 씨였다.

"갑자기 연락드려서 죄송합니다. 지금 잠시 통화 괜찮으세요?"

『응. 샤워하고 마침 방금 나온 참이었어.』

샤워.

일순 가슴이 두근거렸지만, 이 마당에 이 정도 수준의 말로 가슴 떨릴 때가 아니잖아? 사춘기 고등학생처럼 반응할 순 없다.

좀 더― 진전된 이야기를 하려고 하니까.

『그런데…… 무슨 일이야?』

뭐, 대강 예상은 되지만, 하고 모노우 씨는 덧붙였다.

『내 부탁을 받아들일지 말지 답이 나온 거지?』

"……네."

나는 말했다.

각오와 함께 고개를 끄덕였다.

"저기…… 다만 마지막으로 하나만 확인할게요."

『확인?』

"만약…… 만약에 제가 이 이야기를 거절하면― 과장님은 앞으로 어떻게 하실 건가요?"

『……글쎄.』

잠시 틈을 둔 뒤 그녀는 말했다.

『사네자와가 안 된다면― 누군가 다른 상대를 찾을 수밖에 없겠지.』

숨이 멎었다. 예상했던 대답인데 막상 본인의 입으로 들으니 무력감과도 비슷한 공허함이 온몸을 짓누르는 것 같았다.

아아, 그래. 그렇구나.

당연한 이야기다.

내가 특별했던 게 아니다.

상대는— 누구든 상관없었구나.

내가 아니면 안 되는 게 아니다.

안 되면 안 되는 대로 다음 사람을 찾을 뿐인 이야기.

누군가 다른 남자를.

생식 능력이 있는 수컷을.

그녀가 바라는 것은 건강한 정자뿐이니까.

모노우 씨만큼 미인이라면 상대를 찾기는 쉬울 것이다.

막말로 유행하는 SNS에서 정자를 제공하는 사람을 찾아도 된다. 알아보고 놀랐는데, 최근에는 정자 제공 매칭 서비스까지 있는 모양이다.

방법은 얼마든지 있다.

상대는 얼마든지 있다.

내가 거절한대도 그녀는 전혀 곤란하지 않다—.

『……경멸해? 이렇게 필사적이고 정조 없는 여자를 상대하기란 아무래도 싫겠지. 당연해. 이상한 이야기에 끌어들여서 정말 미—.』

"할게요."

나는 말했다.

망설임 없이― 말했다.

『……응?』

"할게요. 모노우 씨의 부탁은, 제가 들어드릴게요."

말을 반복했다.

강한 결의와 함께.

별일 아니다.

결국은…… 간단한 이야기였다.

그녀에게 나는 전혀 특별하지 않았다.

그걸 충분히 알면서도 이번에는 내 마음과 마주했다.

요컨대― 싫었다.

그녀가 다른 남자에게 안기는 것이.

그저 그게 싫었다.

공연히 싫었다.

이 감정이 무엇인지는 나도 잘 모르겠다.

연애 감정에 가까운 것일까? 아니면 안을 뻔했던 여자를 다른 사람에게 빼앗기는 걸 수컷의 본능 같은 부분이 거부하는 건가? 그것도 아니면 단순히 동정을 졸업시켜 줄 적당한 여자를 원할 뿐일까?

연심인가? 유치한 독점욕인가? 추악한 성욕인가? 다른 남자에게 느끼는 질투인가? 멋대로 빼앗기는 듯한 기분이 들어 기피하는 건가?

마음속에서는 다양한 감정이 뒤섞였다.

이 복잡한 마음의 정체는 나도 잘 모르겠다.

그저 공연히 싫었다.

동경하는 상사가 다른 남자에게 안기는 것이.

너무 싫어서 참을 수 없다.

다른 남자에게 안길 바에야— 내가 안고 싶다.

"저라도 괜찮다면…… 최선을 다해 상대할게요. 그러니 오히려 제가 부탁드려요. 당신을 안게 해 주세요!"

나는 말했다.

나도 놀랄 정도로 큰 소리가 나왔다.

몇 초 늦게 그녀는 작은 목소리로 말했다.

『……고마워.』

그 한마디만으로 충족된 기분이 들었다.

사네자와와 통화를 마치자 힘이 쭉 빠졌다.

내 방의 바닥에 힘없이 흐물흐물 쓰러졌다.

손에 든 스마트폰을 움켜쥐고 숨을 내뱉었다.

"……다행이다."

다행이다.

정말 다행이다.

만약 거절하면 어떻게 하나 싶었다.

상사 입장이니 그의 앞에서는 의연한 태도로 행동하도록 신경 썼지만…… 속으로는 너무나도 불안해서 견딜 수 없었다.

왜냐하면…… 그렇잖아?

느닷없이 '아이만 만들고 싶다'니.

그런 여자에게는 기겁한대도 이상하지 않다.

젊은 사람이라면 또 모를까…… 나는 이미, 결코 젊지 않다.

그보다 열 살이나 연상.

아직 젊다고 생각하긴 하지만, 스무 살 안팎인 사람이 보기에는 아줌마일 것이다.

하물며 사네자와는…… 처, 처음이었고. 경험이 없는 사람에게는 부담스러운 부탁일 것이다.

거절한대도 전혀 이상하지 않다.

오히려 그게 평범하다.

하지만.

그런데도 거절당한다면…… 앞으로 우리 관계는 상당히 불편해졌을 것이다. '지금까지처럼 상사와 부하 직원으로 되돌아가자'라고 말했지만, 그렇게 간단히 원래 관계로 되돌아갈 수 있을 리가 없다.

더 나아가.

사네자와가 이것을 주위에 소문낼 가능성도 있었다.

그러면 나는…… 사회적으로 매장됐을 것이다.

물론 사네자와라면 그런 짓은 하지 않으리라는 신뢰는 있었지만…… 그래도.

극단적으로 말해서─ 나를 성희롱으로 고소할 수도 있을 것이다.

한발 물러나서 보면…… 서른이 넘은 상사가 스물 안팎의 부하에게 지위를 이용해 신체 관계를 강요한 그림이다. 그런 건 누가 봐도 성희롱이다.

두려웠다.

리스크를 알면서도 한 발 내디뎠다.

그런데도 역시 두려워서 참을 수 없었다.

그래서 지금, 비로소 한숨 쉴 수 있었다.

─당신을 안게 해 주세요!

"~~윽."

그의 말을 떠올리며 얼굴이 뜨거워졌다.

무, 무슨 말을 하는 거야, 사네자와……?

아니, 틀린 말은 아니다.

틀린 말은 아니지만!

그렇다고 해서 그렇게까지 뜨겁게 말할 필요는 없는데.

너무 직접적이라 쑥스럽다.

마치 사랑 고백이라도 하듯이─.

"……그럴 리가 없나?"

일순 들뜰 뻔했지만, 마음속 어딘가에서 냉정한 내가 들뜬 마음에 찬물을 부었다. 몸의 열기가 급속히 물러갔다.

진정하자.

쓸데없는 감정은 품지 말자.

사네자와는 분명— 착해서 내 부탁을 받아들여 준 것뿐이리라.

뭐, 조금은 나를 여자로 보는 부분은 있을 것이다.

하지만 그것은 단순한 성욕.

결코 연애 감정 따위가 아니다.

사네자와처럼 젊은 사람이 나 같은 여자를 연애 상대로 생각할 리 없다.

열 살이나 많고, 성격도 엄격하며, 잘하는 거라곤 일밖에 없는 여자.

그런 여자에게 연애 감정 따위를 품을 리 없다.

성욕 이외의 가치를 찾을 수 있을 리 없다.

아니면 단순히— 동정했을 뿐인지도 모른다.

서른이 넘은 혼기 놓친 여자가 결혼이나 연애의 책무를 포기하면서 아이만은 필사적으로 원하고 있다. 그런 여자가 너무나도 비참하고 한심해서 손을 내밀어 주지 않을 수 없었는지도 모른다.

"……그걸로 됐어."

그걸로 됐다.

동정이든 뭐든 좋다.

아이만 생긴다면 그걸로 됐다.

그러기 위해— 그를 선택했으니까.

내 소원을 이루려면— 사네자와 하루히코가 가장 적합
할 것이다.

퇴근길, 독신 미인 상사에게 부탁받아서

제3장 모노우 씨의 약점

외설적인 여체가 눈에 날아들었다.

"사네자와……."

호텔 방.

실오라기 하나 걸치지 않은 모노우 씨가 침대에 누운 내게 기어 왔다.

네 발로 엎드려 혀로 입술을 핥는 모습은 어딘가 육식동물을 연상시켰다.

"모, 모노우 과장님……."

"아앙, 괜찮아. 사네자와는 누워 있기만 하면 돼."

몸을 일으키려던 나를 제지하고 덮쳐 왔다.

풍만한 유방이 움직임에 맞추어 흔들릴 때마다 수컷의 본능이 자극되었다.

흥분한 나머지 현기증이 났다.

"정말 고마워. 나와 아이를 만들 마음을 먹어 줘서."

"아뇨…… 그게."

"감사의 뜻으로— 듬뿍 서비스해 줄게."

대단히 요염한 미소를 지르며 내 몸을 만졌다.

가느다란 손가락이 온몸을 더듬듯 기어다니자 온몸이 움찔움찔 떨렸다.

"우후후. 민감하네. 역시 동정이야."

"……윽."

"귀여워. 어린애 같아……. 하지만 이쪽은 전혀 어린애가 아닌 것 같지만."

"……아앗."

"아앙…… 굉장해. 역시 젊은 사람은 다르네."

온몸을 밀착시키면서, 숙련된 손놀림으로 나를 몰아세웠다.

이쪽을 바라보는 눈빛은 너무나도 음란하고 고혹적이라, 그 눈빛을 받은 모든 남자를 포로로 삼아 타락시킬 것만 같은 음탕함이 가득했다.

경험이 없는 나는 숙달된 애무를 앞에 두고 한심하게 신음할 수밖에 없었다.

"그럼…… 슬슬 본격적으로 시작해 볼까?"

상체를 일으키더니 오동통한 허벅지 사이에 나를 끼우고 걸터앉았다.

그리고.

그녀가 리드하는 형태로 결합으로 이끌려 갔다.

"쌓인 걸 잔뜩 짜내 줄게."

그리고 모노우 씨는 허리를 움직여 나를 잡아먹듯 탐욕적으로—.

거기서 눈이 뜨였다.

"~~~~으."

일어나자마자 머리를 감쌌다.

죄책감과 자기혐오로 죽고 싶었다.

으아아…… 으아아아아아아아아!

세상에, 너무하네, 미치겠네.

대체 무슨 꿈을 꾼 거냐?!

웬 관능 소설이냐고?!

아아, 창피하다.

그냥 야한 꿈이라면 몰라도…… 내가 완전히 당하는 입장인 게 걸린다.

잠을 잤을 뿐인데 거창하게도 당했다.

뭐야……. 이게 나의 숨겨진 소망인가? 성적 취향인가?

모노우 씨도 캐릭터가 전혀 달랐다.

욕구불만인 음란한 숙녀 같았다.

모노우 씨는 그렇지 않잖아. 실제로 지난번에 호텔에서도 음란하기는커녕 귀여울 정도로 부끄러워했고…… 아니, 아니야!

그게 아니라!

"……에휴."

깊게 한숨을 내쉬며 침대에서 내려왔다.

모노우 씨의 부탁을 받아들이기로 결심한 지 벌써 사흘.

아직 이야기에 진전은 없다.

덕분에 나는 애타는 상태가 계속되었고…… 그래서 그

런 꿈을 꿨는지도 모른다.

　단적으로 출판사 영업이라고 말하더라도, 부서별로 담당하는 서적은 다르다.
　내가 있는 제3영업과에서는 주로 비즈니스나 다이어트 등을 소재로 하는 실용서를 담당한다.
　"모노우 과장님, 지난주 POS 데이터가 나왔습니다."
　"고마워. 공유해 줘."
　사무실 내의 공간에 같은 과의 멤버가 모였다.
　주초에 도착하는 실매출 데이터를 확인하며 모노우 씨가 중심이 되어 앞으로의 영업 방침을 마련해 갔다.
　"만다라의 『음악과 살아가다』가 꽤 많이 움직이네요."
　"주최한 오디션 프로그램이 화제잖아."
　"이달 초에 중판했는데, 금세 또 중판할 것 같네요."
　"모노우 과장님의 지휘가 정확했어요. 그 오디션 프로그램은 분명 잘될 거라고 예상하고 강력한 시책을 실행했잖아요."
　"아부는 됐으니까 일이나 잘해."
　멤버가 절찬했지만 표정 하나 변하지 않고 담담히 대답하는 모노우 씨.
　그 뒤에도 모두가 데이터를 바탕으로 이런저런 상의를 하며 영업 전략을 짰다.

아직 경험이 많지 않은 나는 대화에 별로 참여할 수 없었다. 하지만 그렇다고 침묵하고 있을 수는 없어서 최대한 의견을 내려고 노력은 했다.

회의는 약 30분 만에 종료되었다.

각자 업무로 복귀하는 가운데,

"사네자와."

하고 나를 불러 세우는 목소리. 모노우 씨였다.

"오후까지 이 자료를 읽어 둬. 외근 전까지."

"아, 네."

자료 다발을 건네받았다.

오늘 오후에는 모노우 씨와 둘이 외근할 예정이었다.

"꼭 읽도록 해."

"네, 알겠습니다."

"한 장, 한 장 제대로 다 읽어."

"아…… 네, 네에."

"꼭이야. 다른 사람이랑 떠들면서 읽지 말고 혼자 집중해서 읽어."

"……네."

모노우 씨는 부자연스러우리만큼 거듭 당부한 뒤 떠나갔다.

수상쩍게 생각하면서도 나는 자료를 들고 자리로 돌아갔다. 지시대로 혼자 집중해서 읽기 시작하려다— 그녀의 의도를 알아챘다.

자료를 한 장 넘기자 쪽지가 끼워져 있었다.

『외근 중에 시간이 비면
그 일에 대해 이야기해 보자.』

조금 큼직한 쪽지에 자필로 이렇게 적혀 있었다.
"…………."
그렇군.
이게 있어서 거듭 당부한 거구나.
자료에 섞은 나만을 위한 메시지.
이도 저도 아닌 상태였던 그 일이 마침내 진전을 보일
듯했다.
　고동이 빨라지는 한편, 따지고 싶은 마음도 생겨났다.
　같은 사무실에 있는 두 사람이 아무에게도 말할 수 없는
대화를 쪽지를 통해 나눈다. ─그것 자체는 드라마나 영화
에서 흔하게 보았다.
　다른 사람이 평범하게 일을 하는 가운데, 은밀하게 실시
되는 비밀 메시지 교환.
　그렇군, 이론적으로는 알겠다.
　하지만─.

흐으음.

내가 생각해도 완벽하다.

자료에 섞어 쪽지로 메시지를 보낸다.

그리고 자연스럽게 당부한다.

사내에서 비밀 이야기를 한다면 역시 이거지!

드라마에서 흔하게 봤던 것 같다.

정석이지, 정석!

다른 사람이 일하는 와중에 이런 짓을 하다니 엄청난 배덕감에 긴장이 되지만, 다른 방법이 생각나지 않는걸―.

바로 그때.

스마트폰이 진동했다.

사네자와의 메시지였다.

『쪽지는 잘 봤습니다.

하지만 그냥 이렇게 보내는 게 더 빠르지 않나요…?

저희 둘 다 스마트폰을 들키면

안 될 파트너는 없으니까요.』

"…………."

앗. 그렇구나.

평범하게 스마트폰으로 얘기하면 됐구나.

쪽지로 나누는 이야기가 정석이라고는 해도…… 뭐랄까, 애초에 불륜 드라마의 정석인지도 모르겠다.

사무실 내 불륜 러브 로맨스의 정석.

스마트폰이나 휴대전화로 이력을 남기면 위험한 기혼자이기에 금세 처분할 수 있는 쪽지 등을 이용한다.

하지만 우리는 둘 다 미혼이고 파트너도 없다.

누군가가 메시지를 엿볼 걱정은 없다. 오히려 이렇게 직장 내에서 쪽지를 주고받는 게 더 리스크가 클지도 모른다.

결국 내가 보낸 쪽지 메시지에는…… 아무런 의미도 없었다.

"……~~윽."

차, 창피해!

'드라마 같다'며 들떴던 내가 창피해!

그걸 이렇게 냉정하게 짚어 내다니!

『맞는 말이야.

이제부터는 그렇게 하자.』

최대한 냉정한 척하며 메시지를 보냈다.

자기 자리에 앉은 사네자와에게 시선을 보내자…… 뭐라 설명할 수 없는, 참을 수 없다는 듯한 얼굴로 이쪽을 보고 있었다.

똑바로 보지 못하고 얼굴을 숙여 눈을 피했다.

아아…… 뭐라고 생각했을까? '일 말고는 의외로 허당이네, 이 상사'라고 생각했다면…… 어쩌지?

⚥

순식간에 오후가 되었다.

"좋아. 그럼 가자, 사네자와."

"네."

예정대로 모노우 씨와 둘이 외근을 나섰다.

오프라인 점포에서 매장 상황을 둘러보는 것도 영업의 중요한 업무 중 하나다.

"판촉물은 챙겼어?"

"완벽해요."

양손의 쇼핑백을 들었다.

펜촉이 아니고 판촉이다.

업계 용어의 일종으로, 간단히 말해 매상을 높일 홍보 아이템을 일컫는다.

서점에 장식하는 POP나 포스터, 미리 보기용 소책자, 구매 특전으로 받을 수 있는 경품 등이 이것에 해당한다.

기본적으로는 책과 함께 서점에 배송되지만, 영업사원 이 서점을 돌 때 가져가기도 한다.

"우선은 시부야의 '타츠야'구나……. 거기 담당자는 꽤 빈번하게 매장 진열을 바꾸는 사람이니까—."

모노우 씨가 중얼거리며 영업부 층을 나섰을 때,

"정말 죄송합니다! 바로 대응하겠습니다……!"

다급한 목소리가 들렸다.

동기인 카노마타가 복도에서 누군가와 통화하는 모양이었다.

크게 당황한 모습으로 아무도 없는데도 연신 머리를 숙였다.

"네, 네……. 죄송합니다……. ……하아."

전화를 끊은 뒤 깊게 한숨을 쉬었고, 그제야 겨우 우리를 알아챘다.

"아, 모노우 과장님……이랑 사네자와."

"무슨 문제라도 있어?"

"네, 실은…… 우리 알바가 사고를 쳐서요."

나와 카노마타는 같은 영업부에 배치되었지만 과가 다르다.

카노마타가 영업1과고 나와 모노우 씨는 3과다.

1과는 만화와 라노벨 등을 담당하는 부서로— 사내에서 가장 높은 실적을 내는 영업 부서이기도 하다.

세간에, 그리고 사내에서도 '마루야마사는 만화와 라노벨로 성장한 회사'라는 이미지가 있다.

"애니화 작품의 페어에서 사용할 사인본 발송하는 걸 깜빡했어요……. 오늘 중에 서점에 전달돼야 하는데……."

"알바에게 책임을 전가하면 안 돼. 마지막엔 사원이 제대로 확인해야지."

"……맞습니다. 지금 시간 되는 사람이 직접 가져가려고 하는데, 이번엔 서점이 꽤 많아서요."

"어디 봐."

카노마타가 들고 있던 종이를 받았다.

페어가 열리는 서점 목록이 적혀 있었다.

모노우 씨는 펜을 꺼내 종이에 동그라미를 몇 개 쳤다.

그리고 용지를 카노마타에게 돌려주었다.

"동그라미 친 서점에는 나랑 사네자와가 전달할게."

"네? 저, 정말이세요……?! 하지만 과장님께 부탁드리기에는……."

"외근하는 김에 갈 수 있는 곳에 가는 것뿐이야. 신경 쓰지 마."

"가, 감사합니다! 도움 감사해요!"

깊게 머리를 숙인 카노마타.

역시 모노우 씨다. 태도는 냉담하고 쌀쌀맞지만, 사실은 동료와 부하를 생각하는 마음이 깊은 사람이다.

"그럼 이걸 부탁드립니다."

카노마타는 기쁘게 말하며 모노우 씨에게 무언가를 건넸다.

그건— 차 키였다.

"……응? 이건."

"영업용 차량의 열쇠예요. 이번 페어에는 사인본이 많아서……. 마침 상자를 차에 다 실었으니…… 과장님이 쓰세요! 4번 영업 차량이에요! 저는 또 다른 사람을 찾으러 가겠습니다.”

정말 감사합니다!

카노마타는 그 말을 끝으로 바삐 떠나갔다.

사인본은 생각보다 대량이었던 모양이다. 상자에 담을 정도면 차로 옮겨야 할 것이다.

보통 외근은 대개 전철로 이동하지만, 오늘은 영업 차량을 쓸 수 있는 거구나.

그런 생각을 하다가— 문득 깨달았다.

“……응? 과장님?”

옆에 선 그녀가 파랗게 질린 얼굴로 멈춰 서 있는 것을.

일단 건물 밖으로 나와 주차장으로 향했다.

트렁크 안에 사인본이 든 상자가 들어 있는 것을 확인한 뒤 우리 둘은 4번 영업 차량에 올라탔다.

운전은 모노우 씨가 맡았다.

상사인 그녀가 아무 말도 없이 운전석에 앉았기에 나도 아무 말도 없이 조수석에 앉았다.

하지만 직후— 나는 이 판단을 깊게 후회했다.

차가 도로에 나선 순간부터 상황이 심각해졌다.

“……저기, 과장님.”

“………….”

“과장님…….”

"………."

"좀…… 느리지 않나요?"

느리다.

아무리 봐도 속도가 너무 느리다.

뒷사람이 언제 경적을 울려도 이상하지 않은 수준이다.

"아무래도 조금 더 속도를 내는 게—."

"마, 말 걸지 마!"

별안간 절규.

운전석의 모노우 씨는…… 안면이 창백해졌다.

몸을 앞으로 잔뜩 기울인 자세로 핸들을 잡은 손은 달달달. 여유라고는 없이 잔뜩 궁지에 몰린 눈으로 전방을 노려보고 있었다.

……아니, 잠깐만.

자, 잠깐 기다려, 진짜로!

"과, 과장님……."

"말 걸지 말랬잖아……! 괜찮아……. 괜찮다고! 아, 안전이 제일이야……. 사고만 안 나면 돼……. 사고만."

"……면허는, 있으시죠?"

"다, 당연하잖아……? 게다가 골드야, 골드! 무려…… 골드 면허라고."*

"그럼, 그…… 마지막에 운전한 게 언제죠?"

---

*일본의 운전 면허에는 색을 통한 구분이 존재한다. 면허를 취득하고 3년 간은 초록색, 이후에는 파란색, 5년간 무사고를 유지하면 금색 면허를 얻게 된다.

"……십 년 전쯤?"

모노우 씨가 중얼거린 한마디에 핏기가 싹 가셨다.

십 년 전?!

그게 무면허랑 뭐가 달라!

금색이라고 해도…… 그냥 운전을 안 해서 무사고인 거 잖아!

"괘, 괜찮아! 안심해! 택시는 자주 타니까…… 길은 잘 알아."

"하지만…… 앗."

"응?! 뭐, 뭔데?! 왜 그래?!"

"방금 우회전했어야 해요."

"말도 안 돼……. 그렇게 중요한 건 더 빨리빨리 말하란 말이야!"

"죄, 죄송합니다. 일단 차선 변경해서 다음 길에서 우회 전해요."

"차, 차선 변경?! 어, 어떻게 하더라……?! 아마, 여길 이렇게 해서……."

"아뇨, 그건 와이퍼예요!"

"자, 장난이야, 장난! 그게, 그러니까 이 레버를 당기는 거던가……?"

"그건 보닛을 여는 레버예요!"

이미 생명의 위기를 느끼는 수준이었기에 나는 강하게 말했다.

"어디 세우세요! 제가 할게요!"

근처 편의점에 정차한 뒤 교대했다. 물론 편의점에 들르는 것도 큰일이었는데, 적당한 곳을 세 곳 지나치고 네 곳째에 겨우 주차장에 들어갈 수 있었다.

목적지인 서점을 향해 지극히 평범하게 차를 몰았다.

조수석에 앉은 모노우 씨는 잔뜩 풀이 죽어 있었다.

"……어쩔 수 없잖아."

아무 말도 안 했는데 혼자 변명하듯 말하기 시작했다.

"운전할 기회가 전혀 없었는걸."

"……뭐, 도내에서는 운전하지 않아도 해결되니까요. 전철과 택시를 이용하면 어디든 갈 수 있고요. 면허가 없는 사람도 많아요."

깜빡이를 켜고 뒤를 확인한 뒤 차선을 변경했다.

옆에 앉은 모노우 씨가 감탄을 내뱉었다.

"사네자와는…… 운전을 잘하네."

"이 정도는 기본이죠."

"평소에도 해?"

"아뇨, 전혀 안 해요. 대학생 때 면허를 딴 이래로 처음이네요."

"……그래? 나랑 똑같네. 나도 대학교 때 면허만 따 놓고 운전을 전혀 안 했어."

하지만, 하고 모노우 씨는 말을 이었다.

크게 낙담한 목소리로.

"……사네자와에게는 '불과 얼마 전'이겠지만, 내게는 '십 년 전'이네, 대학 시절이……. 전혀 똑같지 않네, 기억의 선명도가……."

"소, 속상해하지 마세요……."

민감한 문제인 모양이라 어떻게 수습하면 좋을지 모르겠다.

"그래. 아무튼."

내가 버벅대고 있으니, 모노우 씨는 헛기침을 하고 자세를 바르게 고쳤다.

"조금 서두를까? 꽤 늦었거든."

"네."

조용히 고개를 끄덕였다.

예정보다 늦은 건 주로 모노우 씨의 운전 이슈 때문인 것도 같은데…… 뭐, 기껏 회복했으니 쓸데없는 소리는 하지 말자.

"외근 일정이 정리되면……."

잠시 틈을 둔 뒤 모노우 씨는 말했다.

"쪽지 건에 대해서도 얘기하자."

"……네."

긴장을 품은 목소리에 나는 또 조용히 고개를 끄덕였다.

외근 자체는 지체 없이 끝났다.

서점들의 담당자에게 판촉물을 건네며 인사하고, 담당 서적이 놓여 있는 자리를 확인했다. 부탁받은 사인본도 정확히 두었다.

그리고.

마지막 서점에서 일을 마치고 주차장으로 돌아온 뒤—.

"……구체적인 방법 말인데."

석양이 내리쬐는 차내에서 모노우 씨는 말을 꺼냈다.

쪽지 건.

나와 아이를 만드는 계획에 대해.

결과론적인 이야기지만, 영업용 차량을 이용하게 되어 잘된 일인지도 모르겠다.

이 밀실이라면 누가 들을 걱정도 없이 내밀한 이야기를 할 수 있다.

"사네자와는 타이밍 법이라는 거 알아?"

"저기…… 들어본 적이 있는 것 같아요."

"불임 치료 레벨 1이라고도 할 수 있는 방법이야. 간단히 말해서, 여성의 임신 확률이 높은 날을 노려 잠자리를 갖는 거지. 여성에게는 한 달에 한 번, 그런 타이밍이 있거든."

흠.

속된 말로 '위험일'이라는 거구나.

"그날이 되면 내가 연락할게. 그 주기에는 최대한 나와 관계를 가져 줬으면 좋겠어."

진지한 얼굴로, 진지한 말투로, 모노우 씨는 말했다.

그야말로 불임 치료를 지도하는 의사 같은 말투였다.

내용이 내용인 만큼 아무래도 부끄러워졌지만, 그런 감정을 내보이는 건 실례일 것이다.

이 사람은 진지하다.

나도 진지하게 응해야 한다.

"……알겠습니다."

"하지만…… 갑자기 이런 요구는 너무하지? 안심해. '그날 말고는 금지'라고 엄격히 굴 생각은 없어."

작게 숨을 내뱉으며 살며시 웃는 모노우 씨.

조금 말투가 부드러워졌다.

"좀 부담스럽지? '이날, 이 시간대에 꼭 해야 한다'는 게. 실제로 그게 정신적인 부담이 돼서 임신 활동에 실패하는 부부도 많다는 모양이야."

"…………."

"조금 더 스스럼없이 대하는 게 서로 편할 거야. 그날 말고 해도 나쁠 건 없지. 오히려 확률이 오를 뿐이야……. 그러니까 사네자와도…… 마음이 내킬 때 말해 줘도 돼."

"마음이 내킬 때, 라면……?"

"그건, 그……."

말끝을 흐리는 모노우 씨. 이윽고 얼굴을 새빨갛게 물들이고 툭 내뱉었다.

"나, 나를, 안아도 좋다고 생각한 날 말이야⋯⋯."

"⋯⋯아, 아⋯⋯ 그렇, 군요⋯⋯."

말귀를 찰떡같이 알아듣지 못해 쓸데없는 소리를 하게 했다.

그야 그렇겠지. 그런 의미겠지.

요컨대 이야기를 정리하자면—.

한 달에 한 번, 빼놓을 수 없는 시기가 있다.

하지만 그날 외에도 마음이 내키면 말해도 오케이.

그런 거로군.

⋯⋯뭐지?

아무리 그래도 내게만 너무 좋은 거 아닌가?

모노우 씨는 '편히 안을 수 있는 여자라고 생각해도 된다'고 말했지만, 이래서야 정말로 좋을 대로 할 수 있는 섹파 취급 같은데⋯⋯. 아니, 섹파 같은 건 가져 본 적이 없으니 잘 모르겠지만.

내 마음이 내킬 때라⋯⋯.

아무래도 '매일이라도 괜찮아요'라고 말하는 건 싫어하려나?

"—그래서."

고민하는 나를 개의치 않고 모노우 씨는 말을 이었다.

"전에도 말했지만, 일단 계약서는 작성해 두자."

"계약서⋯⋯."

"혹시 모르니까. '이 건은 발설 금지'라든지, 친권 및 양

육비에 대해서라든지, 정확히 서면으로 남기는 게 안심할
수 있잖아?"

확실히 그건 그럴지도 모르겠다.

모든 일은 서면으로 남긴다.

거래처와의 중요한 약속이나 연락은 전화가 아니라 메
일로.

사회인의 기본이다.

"그리고 생각해 봤는데 말이야……. 역시 돈은 내는 게
좋을 것 같아."

조금 말하기 어려운 듯 모노우 씨는 말했다.

"돈이요……?"

"그렇잖아? 좋아하지도 않는 상대랑 그런 짓을 하는 것
이니 돈 정도는 받아야지. 그 편이 뒤탈 없이 깔끔한 관계
가 될 수 있을 거야."

"…………."

마음이 조금 식었다. 들떴던 마음이 조금 사그라졌다.

뭐, 그야 그렇겠지.

돈을 청구받는대도 이상하지 않다.

우리는 연인 사이도 아니고, 어쩌면 섹파조차 아니다.

나처럼 연애 경험이 없는 동정을 상대하니 돈이라도 받
지 않고는 할 수 없을 것이다.

"금액은…… 3만 엔 어때? 회당 3만 엔."

3만 엔.

참으로 현실적인 금액이다.

결코 적은 금액은 아니다. 하지만 그 금액으로 이 사람과 하룻밤 관계를 가질 수 있다면 결코 비싸지 않다. 오히려 파격적이라고도 생각한다.

"금액이 납득되지 않으면 조금 더 검토해 볼게……."

"……아뇨, 괜찮아요. 3만 엔으로 부탁합니다."

"고마워."

한 박자 쉬고 모노우 씨는 말을 이었다.

"그럼— 다음 날에 입금하도록 할 테니 조만간 계좌번호를 알려 줘."

"……네?"

"왜? 현금이 더 좋아?"

"아뇨, 그게 아니라……. 어라? 과, 과장님이 내시는 건가요?"

"당연하잖아."

어이없다는 듯 말하는 모노우 씨.

어라? 당연한 건가?

"내가 부탁했잖아. 내가 내는 게 당연하지. 저번처럼 술김에 한다면 또 모를까, 몇 번이나 부탁하는데 돈 정도는 내야지……."

"그, 그렇군요. 저는…… 당연하게도 제가 내는 줄 알았어요."

"? 왜 사네자와가 내?"

"그러니까, 뭐랄까, 보, 보답이랄까요?"

"보답……? 응? 아…… 자, 잠깐만."

곤혹스레 외치는 모노우 씨.

"……사네자와, 본인이 돈을 내는 줄 알았어?"

"네."

"그러면서…… 오케이 한 거야?"

"……네."

"그, 그러니까 그건…… 돈을 내고서라도, 나와…… 섹스하고 싶었단 거야?"

"……~~윽!"

수치심을 견디며 말을 쥐어 짜내자 모노우 씨는 얼굴을 새빨갛게 물들였다.

"무, 무슨 생각을 하는 거야, 정말……. 안 돼. 그런 데 돈을 쓰면……. 나랑 하기 위해 돈을 내다니…… 거기에 무슨 이득이 있는데?!"

"그건…… 하, 할 수 있는 것 자체가…… 이득이라고나 할까요?"

"……윽."

"과장님처럼 아름다운 분과 할 수 있다면 3만 엔은 파격적인 것 같기도 해서요."

"~~윽. 그, 그런 소리 하지 마!"

새빨간 얼굴로 야단치는 모노우 씨.

"애초에, 나는, 돈으로 몸을 팔지 않아! 10만…… 아니,

100만 엔이라도 절대 안 해! 싫어하는 사람과는 절대 안 한다고! 난 그런 싸구려가 아니야!"

속사포처럼 잘라 말했지만, 말투가 점점 약해졌다.

"······겨, 결과적으로는 돈을 받기는커녕 돈을 내려고 했지만······. 싸구려 운운할 때가 아니긴 하지만······. 그렇지만 그거랑 이건 전혀 달라. 어떻게 다르냐면······ 그러니까, 그건."

"지, 진정하세요! 무슨 말씀을 하고 싶은 건지는 이해했어요!"

서로가 몇 초 동안 숨을 골랐다.

"아, 아무튼······ 돈은 없던 일로 해도 되지 않을까요?"

"······그래. 그러자."

회사로 돌아왔을 무렵에는 마침 해가 저물었다.

빌딩 입구 근처에서 모노우 씨만 내렸다.

"영업 차량을 반환하면 오늘은 그만 퇴근해도 돼."

차에서 내린 뒤 운전석에 있는 내게 말했다.

모노우 씨는 일을 더 하고 갈 모양이었다. 관리직의 업무량과 고생은 나와는 비교도 되지 않을 것이다.

"알겠어요. 먼저 가 보겠습니다."

"수고했어. 아. 그리고······."

"네?"

무언가를 말하려다,

"……아니야. 역시 나중에 연락할게."

작게 고개를 저으며 그렇게 말한 모노우 씨는 떠나갔다.

그녀를 배웅한 뒤 차를 몰아 주차장으로 향했다.

영업 차량을 지정된 장소에 세우고 열쇠를 반환한 뒤 귀 갓길에 올랐을 때— 모노우 씨에게 메시지가 왔다.

그 내용을 보고 납득했다.

그렇군.

이건 확실히 얼굴을 마주하고 말하기 힘든 내용이리라.

『이번 주 토요일 밤,

혹시 시간 있으면 우리 집에 와.』

쌀쌀맞은, 최소한의 유혹 문구.

하지만 그것만으로 의도는 충분히 전해졌다.

그녀가 나를 부르는 이유는 그것 말고 없으니까.

첫 경험 리벤지 장소는 상사의 집이 될 것 같다.

퇴근길, 독신 미인 상사에게 부탁받아서

제4장 모노우 과장님의 자택

약속한 토요일.

평소에 와본 적 없는 역에서 내려 지정된 주소로 향했다. 택시를 타도 된다고 했지만, 미안해서 전철로 왔다.

스마트폰을 한 손에 들고 빽빽한 아파트 사이를 걸었다.

"여긴가……?"

초고층 아파트나 억대 아파트까지는 아니지만, 그럭저럭 고층에 그럭저럭 고급스러운 아파트이었다.

여기가 모노우 씨가 사는 집.

어쩐지 믿을 수가 없었다.

내가 그 사람의 집에 오다니, 얼마 전까지는 상상도 하지 못했다.

평소 생활하는 집에서 이제부터 무엇을 하게 될까……? 잠시 그 생각을 했을 뿐인데 현기증이 날 것만 같았다.

마음을 먹고 입구를 지나 도어락을 돌파한 뒤 그녀의 집으로.

"어서 와."

현관문이 열리자 모노우 씨가 맞이해 주었다.

복장은— 놀랍게도 사복이었다.

민소매 니트에 통이 좁은 바지.

성인 여성의 차분한 복장이라는 인상을 받았다.

사복을 본 건 이게 처음일지도 모르겠다.

평소의 슈트 차림과의 간극도 있어서인지 아주 매력적으로 보였고, 동시에 봐서는 안 될 것을 보고 만 기분도 들었다.

"시, 실례하겠습니다……."

긴장하며 신발을 벗고 안으로 들어갔다.

첫인상은— 깔끔한 집이었다.

혼자 살기에는 조금 넓은 1LDK.

새하얀 벽과 검은 소파.

그 중앙에는 카펫과 테이블.

잘 정돈되어 있고 물건이 별로 없었다. 청소기나 공기청정기 등, 몇 가지 최신 가전이 있는 정도라 취향이나 성격을 엿볼 수 있는 게 없었다.

뭐랄까?

가구 잡지에 실린 샘플 룸 같은 느낌이었다.

"집이 깔끔하네요. 청소도 잘되어 있고."

"혼자 사니까 어지르지 않을 뿐이야. 집에서는 퇴근하고 잠만 자거든. 뭐, 개인적으로 더러운 집을 용납할 수 없는 것도 있지만."

이미지랑 똑같다고나 할까?

모노우 씨는 역시 사적으로도 똑 부러진 사람이었던 모양이다.

"뭐…… 일단 앉아."

107

무슨 말을 해야 할지 모르겠는지, 모노우 씨가 무난한 걸로 입을 열었다.

일단 소파에 앉았다.

"저기…… 나도 앉아도 될까?"

"물론이죠."

"고, 고마워……."

모노우 씨가 옆에 앉았다. 제법 거리를 두고.

누가 봐도 둘 다 긴장한 모습이었다.

아니, 이걸 어쩌면 좋지?

오늘 온 목적은 명확하지만…… 그렇다고 아무런 전조도 없이 갑자기 시작하는 것도 아닌 듯한데. 괜히 영화를 보기 시작하는 것도 상대의 시간을 빼앗는 것 같아서 미안하고…….

고급 소파인지 착석감이 아주 좋았지만, 이 상황에 편히 쉴 수도 없었다. 초조해서 여기저기 둘러보다가— 소파 틈에서 하얀 종이를 발견했다.

영수증 같았다.

"'와타나베 하우스 클리닝'……? 어, 이거 날짜가 오늘—."

"—윽!"

타악.

모노우 씨가 어마어마한 속도로 영수증을 낚아챘다.

"쓸데없는 걸 찾아내지 마!"

"죄, 죄송합니다……."

"아니야……. 이건 혹시 몰라서……. 혼자 사는 사람도 어지르는 사람은 어지른다고!"

열변을 토하는 모노우 씨였다.

……이미지가 변했다고 해야 할까?

모노우 씨, 사적으로는 의외로 허당인지도 모르겠다.

괜한 걸 알아채서 미안한 마음이 들었다. 그렇구나. 이상하리만큼 정돈된 집은 클리닝 서비스를 받았기 때문이구나.

"딱히 사네자와 때문에 한 건 아니야……. 부른 사람의 의무라고나 할까? 이제부터 집에 올 일도 많아질 테니까."

"네……?"

"전처럼 호텔을 이용하면 누가 볼지도 모르잖아? 리스크 관리를 고려하면 우리 집에서 하는 게 제일 좋을 것 같아서."

"……듣고 보니 그렇네요."

"호텔은 돈도 들고 말이야. 가성비 면에서도 우리 집이 베스트일 거야, 응."

철저한 계획성에 감탄과 동시에 송구해졌다.

그렇다.

오늘 한 번이 아니잖아.

금방 임신이 되지 않으면 여러 차례 관계를 갖게 된다.

모노우 씨는 그것도 염두에 두고 있다.

진지하게 장기적으로 생각하고 있다.

"……………."

"…………."

어색함과 긴장이 실내에 충만했다.

대화의 흐름 상, 서로를 의식했기 때문이리라.

이제부터 무엇을 할지를─.

"……수, 술이라도 마실까?"

모노우 씨는 침묵을 못 견디겠다는 듯 말하고 주방으로 향했다.

⚥

어, 어쩌지……?

어색하다. 계속 심장이 쿵쾅거린다. 열심히 평정을 가장하고 있지만, 이 집에 남자를 들인 것도 처음이다.

긴장하지 않는 게 이상하지.

스스로도 죽을 만큼 긴장했고…… 무엇보다 사네자와의 긴장이 분명하게 전해진다. 그래서 나도 더 긴장되는 악순환.

아아…… 괜찮을까?

내 나름대로 여러 가지 준비는 해 봤는데…… 사네자와, 실망했나?

'이 여자, 필사적이네. 너무 들떠서 부담돼'라고 생각하는 거 아니야?!

클리닝 서비스를 받은 것도 완전히 들켰고.

이게 아닌데…….

"……과장님, 하이볼 좋아하세요?"

하이볼 캔 몇 개를 테이블에 두자 사네자와가 물었다.

"응……. 비싼 술도 많이 얻어먹어 봤지만, 이러니저러니 해도 하이볼이 제일 무난해서 좋더라고."

"저도 좋아해요. 맥주는 별로여서…… 어라?"

캔의 패키지를 보고 사네자와가 깨달았다.

가져온 캔 중에 하나는— 무알코올이었다.

"이건."

"아…… 응. 앞으로 알코올은 삼가려고."

나는 말했다.

"진심으로 임신할 거라면 지금부터 알코올을 삼가는 게 좋을 테니까."

임신 중에 알코올은 당연히 NG.

임신을 하려고 계획 중인 단계라면 일주일에 한두 잔 정도는 문제없다는 의견도 있는 모양이지만, 섭취하지 않는 게 제일 좋을 것이다.

"앗. 사네자와는 사양 말고 마셔."

"아뇨, 그럴 수는 없지요……. 괜찮아요. 저도 무알코올로 마실게요."

고개를 붕붕 젓는 사네자와. 그 뒤에도 물러서지 않았고, 결국 둘이 무알코올 하이볼을 마셨다.

……그야 그렇겠지.

상사인 내가 술을 삼가는데 자기만 마실 수는 없겠지.

이제 어쩌지……? 술의 힘으로 어색한 분위기를 바꿔보려 했는데, 둘 다 무알코올을 마시면 아무것도 해결되지 않는다…….

"……저기, 그게…… 과장님은 취미가 있으신가요?"

아앗.

무슨 말을 하면 좋을지 모르겠다는 듯 질문했다!

맞선에서나 나올 법한 질문!

마음 쓰게 만들어 버렸구나……!

"취미, 취미라……. 취미라고 부를 만한 건 없지만…… 휴일엔 몸을 단련하고 싶어서 헬스장에 간다거나."

"우와, 대단하세요. 멋있네요."

칭찬받았다. 어쩌지? 조금 기쁘다.

하지만…… 실제로 헬스장은 결제만 해 놓고 거의 가지 않는다. 회비만 쓸데없이 지불한 상태. 여기서부터 이야기를 확장해야 한다!

"그, 그리고…… 그래. 스마트폰으로 파충류 영상을 본다거나."

"파충류요?"

놀란 표정을 짓는 사네자와.

아뿔싸. 당황한 나머지 진짜 취미를 말해 버렸다!

"저기…… 그, 그래. 보는 걸 좋아해. 도마뱀이나 뱀."

"…………."

"키우는 도마뱀 동영상을 올리는 사람이 꽤 많아. 가장 흔한 레오파드 게코 도마뱀이나 대형 사바나 모니터나. 파충류 동영상 채널은 생각보다 인기 많아."

"…………."

"원래 나도 도마뱀에 전혀 관심이 없었는데, 친구 중에 파충류를 몇십 마리 키우는 마니아가 있거든. 그 친구 얘기를 듣다 보니 관심이 생겨서…… 어느새 동영상에 푹 빠져 있지 뭐야."

"…………."

"재, 재미있어, 도마뱀. 일단 생긴 게 공룡 같아서 멋있고, 그런데 먹이 먹는 모습은 엄청 귀여워……. 그리고 포유류 반려동물과는 달리 사람을 무조건 따르지는 않지만, 그 쿨한 모습이 또 매력 중 하나라—."

필사적으로 설명하다가 도중에 퍼뜩 깨달았다.

정신을 차리고 보니 혼자 주절주절 떠들고 있었다.

"미, 미안해……. 이런 이야기 재미없지?"

나도 참 재미없는 인간이구나.

잘하는 거라고는 일밖에 없고, 유일한 취미가 파충류 동영상 감상이라니.

뭐 이렇게 짠한 30대가 다 있담?

사네자와도 분명 기겁하겠지—.

"아뇨. 재미있어요. 과장님 얘기."

그는 무구한 미소를 지으며 그렇게 말했다.

"이미지랑 달라서 조금 놀랐지만요. 과장님은 휴일에도 자기 계발을 할 것만 같거든요. 사생활은 의외라 흥미진진한데요? 아하하."

"…………."

마음이 따뜻해졌다.

아아— 사네자와는 정말로 좋은 사람이다.

얼마 만이지? 이런 식으로 누군가와 내 얘기를 하는 게.

나이를 먹으면 먹을수록 일 이외의 인간관계는 희박해진다.

일을 통해서라면 얼마든지 유력한 연줄을 구축할 수 있다. 하지만…… 사적인 교제는 그리 뛰어난 편이 아니다. 일을 제외한 친구는 줄어들 따름이고, 새로 늘어나는 경우는 전혀 없다.

그래서…… 정말 오랜만이다.

이렇게 가슴 설레며 솔직한 모습을 드러내는 일은—.

"…………."

아니.

아니다.

왜 마음이 훈훈해지는 거야, 모노우 유이코?

사네자와가— 왜 지금 여기에 있는지 몰라?

그와 나는 친구가 아니다. 더구나 애인도 아니다.

회사에서는 단순한 상사와 부하 직원.

그리고 지금은— 함께 아이를 만들자고 부탁했을 뿐인 관계.

내가 그에게 바라는 건 정자뿐.

그가 나에게 바라는 건…… 이 몸뿐.

그것이 우리의 관계고, 그 이상을 바라면 안 된다.

됐다.

필요 없다.

바라면 안 된다.

이런…… 애인끼리 섹스하기 전에 술을 마시며 서서히 분위기를 달구는 듯한, 그런 달콤한 과정 따위—

"과장님. 도마뱀 동영상 중에 추천하는 채널이 있으면 알려주실래요? 저도 다음에 볼게요."

"—그게 아니잖아."

나는 말했다.

생각했던 것보다 낮은 목소리가 나왔다.

"사네자와가 물어야 할 건 정말 그런 거야?"

대답도 기다리지 않고— 몸을 밀착시켰다.

최대한 음란하게.

최대한 분방하게.

순진하고 성실한 사네자와가 조금이라도 편해지도록.

동요나 수치심은 모두 짓누르고—

나는 다리를 올려 그에게 걸터앉았다.

⚥

경악한 나머지 경직되고 말았다.

모노우 씨가— 갑자기 내게 걸터앉았다.

나는 소파에 앉은 상태.

한쪽 다리를 올리고 주저 없이 내게 걸터앉았다.

그녀의 엉덩이가, 중량감이, 허벅지에 얹혔다.

따뜻하다. 뜨겁다.

바지 너머로도 그녀의 체온이 직접적으로 전해졌다.

"과, 과장— 으."

즉시 얼굴을 들고 나도 모르게 숨을 삼켰다.

가슴이.

니트 너머의 거대한 유방이 눈앞에 있었다.

내게 걸터앉아 끌어안는 듯한 자세를 취했기에 내 얼굴이 그대로 그녀의 가슴 위치에 있었다.

위아래 모두 대위기라 어딜 보면 좋을지 몰랐다.

"뭐, 뭐 하시는 거죠?"

"……어쩔 수 없잖아."

고개를 숙인 채 필사적으로 목소리를 쥐어 짜내는 내게 모노우 씨는 말했다.

"아무리 기다려도 먼저 손을 대지 않으니까."

"……으."

말이 가슴에 쿡 박혔다.

나의 순진함, 한심함, 동정스러움을 에둘러 비난한 느낌
이었다.

"자."

모노우 씨는 내 손을 잡았다.

그리고 그 손을— 하필이면 니트 안쪽으로 유도했다.

"······브래지어, 풀어 볼래?"

귓가에서 속삭이는 고혹적인 말.

심장이 크게 요동쳤다.

"······전에는 갑자기 알몸이 됐잖아. 처음이라면 이런 것
도 연습해 두는 게 좋지 않겠어?"

다정한 마음에 뱉은 말이 조금 분했다.

주도권을 빼앗겼다.

이렇게까지 상대가 리드했는데 남자로서 물러날 수는
없다. 그저 이끌리기만 해서는 너무나도 추하다.

침을 삼키고 손을 미끄러트렸다.

니트 안······ 그리고 이너 안으로.

옷감의 감촉을 넘어선 다음엔 따뜻한 맨살의 감촉이 있
었다.

"······읏."

"앗······ 죄, 죄송합니다······."

"······괘, 괜찮아. 차가워서 놀랐을 뿐이야."

계속해.

모노우 씨는 말했다.

한없이 달콤하면서도 긴장이 밴 목소리로.

미끄러트린 손을 천천히 등 쪽으로 돌렸다.

조금 낑낑대기는 했지만, 어렵사리 후크를 푸는 데 성공했다.

"푸, 풀었어요……."

"……응."

머뭇머뭇 얼굴을 들자— 모노우 씨는 몹시도 부끄러운 듯한 표정을 짓고 있었다.

브래지어가 풀리는 바람에 니트를 밀어 올리던 가슴이 아까보다 더 존재감을 드러낸 것만 같았다.

"…………."

나도 모르게 지시를 바라려 했다.

다음은 어떻게 하면 되죠?

가슴을 만져도 될까요? 하고.

하지만 필사적으로 말을 삼켰다. 그건 아무리 그래도 너무 구리다. 이런 순간까지 순종적인 부하 직원일 필요는 없다.

천천히 양손을 브래지어 안으로 집어넣었다.

부드러운 감촉이 느껴졌다.

손에는 다 들어가지 않을 정도로 거대하고 존재감 있는 유방. 조금 힘을 주기만 해도 손가락이 잠겼다. 언제까지나 만지고 싶은, 행복한 감촉이었다.

믿을 수 없었다.

나는 지금 상사의 가슴을 주무르고 있다.

게다가 이렇게 야한 자세로.

"……앗."

모노우 씨가 달콤한 교성을 질렀다.

흥분과 쾌락으로 뇌가 녹을 것만 같았다. 허락해 준다면 계속 이러고 싶었다. 영원히 주무르고 싶었다―.

"……저, 저기."

몰두한 내게 모노우 씨가 곤란한 듯 말했다.

"너무…… 주무르는 거 아니야?"

"네? 아, 죄송합니다……."

"정말이지……. 사네자와, 가슴을 좋아하는구나? 저번에도 계속……."

"……싫어하는 남자는 없을 거예요. 과장님 정도로 크면 특히."

"그, 그래……? 큰 것도 생각보다 힘들어."

부끄러움을 무마하려는 듯 알맹이 없는 대화.

그러다 눈이 마주치자 침묵이 찾아왔고―.

문득 깨닫고 보니 누가 먼저랄 것 없이 입술을 포개고 있었다.

일단 전에 호텔에서도 분위기를 타고 키스는 했다.

하지만 너무 긴장해서인지 거의 기억이 없다.

그러니 이게 첫 키스인 것만 같았다.

빼앗긴다.

나의 처음을 전부 이 사람에게.

몇 번이나 입술을 포개며 다시 가슴을 부드럽게 애무했다. 영문을 모를 만큼 관능이 솟구치고 온몸이 녹을 것만 같았다.

하지만― 몸의 일부만은, 아플 정도로 격렬하게 주장하고 있다.

바지 너머로도 알 수 있을 정도로 발기해 그녀의 하복부를 눌렀다.

그 존재감은 그녀에게도 전해진 모양인지 살짝 얼굴을 떼고.

"……침대로 갈까?"

오싹하리만큼 요염한 얼굴로 모노우 씨는 말했다.

쾌락의 포로가 된 나는 아무 생각 없이 고개를 끄덕일 수밖에 없었다.

어스름한 침실에 조금 거친 숨소리만이 울려 퍼졌다.

결론부터 말하자면― 이번에는 실패하지 않고 제대로 해냈다.

지난번과 달리 이상한 허세는 버리고 상대에게 몸을 맡겼기 때문이리라. 모노우 씨가 리드하는 형태로 무사히 첫 경험을 마칠 수 있었다.

한심한 느낌은 들지만…… 그래도 최소한의 기대에는

부응했을 것이다.

끝까지 잘 해냈다.

피임 기구는 사용하지 않고 그녀의 안에서 절정에 다다랐다.

아이를 만들기 위한 행위를 완수했다.

그녀의 바람대로—.

"……아, 감사합니다."

침대 위.

한바탕 뒤처리를 마치고 나는 말했다.

모노우 씨는 의아한 듯한 표정을 지었다.

"응? 갑자기 무슨 소리야?"

"그게…… 뭐랄까요? 도, 동정을 받아 주셔서……?"

"그게 뭐야?"

의문문으로 말하는 내게 작게 웃는 모노우 씨.

"고맙다고 안 해도 돼. 오히려 내가 고맙지……."

그렇게 말하며 그녀는 배를 쓰다듬었다.

내가 내보낸 것은 지금 그녀의 안에 남아 있을 것이다.

이제부터는 운에 달렸다.

그녀의 바람이 성취될지 말지는 신만이 아신다.

"하지만 정말 괜찮았어? 첫 상대가 나라는 거……. 후회 안 해?"

"물론이죠."

"……정말로? 더 젊은 사람이 좋지 않았을까?"

"저, 전혀 아니에요."

불안한 듯한 목소리에 손을 휙휙 저었다.

"뭐라고 하면 좋을까요……? 아, 아무튼 최고였어요."

"그, 그래? 그럼 됐어."

"……과장님이야말로 어땠나요?"

"어땠냐니, 뭐가?"

"그…… 세, 섹스 실력이라고나 할까요……?"

"……으, 으응?"

동요를 훤히 드러내는 모노우 씨.

구린 걸 알지만 묻고 말았다.

생물학적인 수컷으로서의 역할은 아마 제대로 마친 것 같다. 하지만 인간 남성으로서 나는 상대 여성을 만족시킬 수 있었을까?

"어, 어땠냐니……. 말할 길이 없다고 할까? 그야…… 순식간이었으니까."

"……윽."

난감한 표정에서 살며시 새어 나온 듯한 본심이 깊게 마음에 박혔다.

실제로…… 순식간이었다.

상대의 리드로 어떻게든 결합 자체는 성공했지만…… 거의 움직이지 못한 채 절정에 다다르고 말았다.

하지만 어쩔 수 없잖아?!

설마, 설마…… 그렇게 기분 좋을 줄은 몰랐다.

지금까지 맛본 적 없는 극상의 쾌락.

동정이 견딜 수 있을 리 없다.

"앗. 푸, 풀 죽지 마. 처음이었으니 어쩔 수 없어⋯⋯!"

"⋯⋯⋯⋯."

"게다가⋯⋯ 콘돔도 안 썼잖아! 남자는 그대로 하면⋯⋯ 저기, 어, 엄청 기분 좋잖아⋯⋯? 그러니까 경험 없는 사람이라면 빠른 게 당연하다고 할까⋯⋯."

수습하면 할수록 괴롭고 허무했다.

내가 회복하지 못하고 고개를 숙이고 있자,

"⋯⋯나 참. 괜찮아."

툭, 하고 머리에 손을 얹었다.

마치 어른이 아이에게 그러듯이.

"익숙해지면 분명 잘할 수 있을 거야. 그때까지 나랑 여러 번 연습하면 돼."

"⋯⋯⋯⋯."

"언젠가 정말로 좋아하는 사람이랑 할 때 잘할 수 있도록 말이야."

"⋯⋯⋯⋯."

"앗. 물론 그 사람하고는 꼭 콘돔을 써야 한다?"

타이르듯 말했다.

그 목소리에도 표정에도 감싸 주려는 다정함이 흘러넘쳤다.

상처받은 마음이 치유되는— 동시에 공연히 분했다.

아이를 달래는 듯한 태도는 나를 성인 남성으로 보지 않는다는 반증처럼 느껴졌다.

분하다. 섭섭하다. 허무하다.

우리 사이에 연애 감정은 존재하지 않는다는 걸 다시 한 번 짚어 준 것만 같았다.

그런 건 알고 있었는데.

그런데 왜 이렇게나―.

"그럼 난 샤워하고 올게."

침대에서 내려가려는 모노우 씨.

그 손목을― 억지로 잡았다.

"응……? 꺅."

손목을 당겨 내 밑에 깔아 눕혔다.

거의 밀려 쓰러진 자세다.

"사, 사네자와……?"

당황하는 그녀에게 나는 말했다.

"한 번 더 할까요?"

"……뭐? 그건…… 가능해? 방금 끝났는데."

"괜찮아요."

모노우 씨는 순간적으로 시선을 밑으로 향하고 내 하복부를 보았다.

눈이 살짝 커지며 뺨을 물들였다.

"젊은 사람은 대, 대단하네. 하지만…… 아, 자, 잠깐."

그녀의 허락을 기다리지 않고 목덜미에 입술을 댔다.

모노우 씨는 처음엔 살짝 저항했지만,

"······못 말려. 어쩔 수 없네."

이내 나를 받아들였다.

나는 몰두해서 여체를 탐했다.

쓸데없는 생각을 하지 않도록.

이 허무한 감정이 조금이라도 묻히도록.

☿♂

커튼 틈으로 쏟아지는 아침 햇살에 나는 눈을 떴다.

"······응?"

눈을 뜨고 깜짝 놀랐다.

옆에— 사네자와가 자고 있었으니까.

게다가 둘 다 알몸으로.

어, 어째서 사네자와가 내 침대에······?!

일순 크게 동요했지만— 이내 냉정을 되찾았다.

아아, 그랬지.

어젯밤, 마지막엔 지쳐서 그대로 잠들었다.

샤워도 하지 않고 뻗었으니····· 땀 때문에 상당히 찝찝했다. 머리도 엉망진창. 화장도 지우지 않았다······. 아아, 내가 미쳐. 이 나이에 화장도 지우지 않고 잠들자 죄책감이 대단했다. 내 피부에 미안한 기분이 들었다.

시계를 보자— 이미 아침 9시.

옆으로 시선을 주니 사네자와는 아직 쿨쿨 자고 있었다.

"……잠든 모습이 귀엽네."

키는 크고 몸도 탄탄한데 얼굴은 조금 앳된 느낌. 평소 태도도 부드럽고 온화하며…… 반면, 조금 미덥지 못한 인상을 주는 청년.

하지만— 어제는 마치 전혀 다른 사람 같았다.

설마…… 4회전까지 갈 줄이야.

젊음은 대단하다.

너무 대단하다.

덕분에 나는…… 꽤 피곤했다. 섹스 자체가 상당히 오랜만이었으니 평소 쓰지 않던 이곳저곳의 근육이 비명을 질렀다. 하룻밤에 네 번이나 한 건 난생처음이다.

그는 수없이 나를 갈구했다.

격렬하고, 강렬하고, 정열적으로.

자기가 남자인 걸 과시하듯이.

이토록 강하게 갈구받은 게 얼마 만이더라?

어쩌면— 인생에서 처음일지도 모르겠다.

귀엽지만 조금 미덥지 못하던 부하 직원이 침대 위에서 서서히 변모하며 강렬한 수컷의 얼굴이 되어 나를 갈구—.

"……윽."

샤, 샤워나 하자.

사네자와를 깨우지 않도록 조용히 침대에서 내려갔다. 그가 잠든 틈에 몸단장을 마치자. 밝은 곳에서 지금 내 모습을 보여주고 싶지 않다. 기초 체온 측정……도 오늘은 쉬자.

욕실에 들어가 샤워를 했다.

평소보다 조금 높은 수온으로.

잠이 깨도록.

사고가 각성하도록.

하지만—.

아무리 뜨겁게 샤워해도 사고는 어딘가 안개가 낀 것만 같았다.

기분이 둥실둥실 떠올라 어쩐지 진정이 되지 않았다.

왜지?

분명 끝까지 했는데.

사네자와는 내 요구에 응해 주었다. 예상보다 더, 더할 나위 없을 정도로 내가 바라던 것을 완수해 주었다.

그런데 왜?

이렇게— 애달픈 기분이 드는 거지?

"…………."

사실은 좀 더 대충 대할 거라 생각했다. 섹스만 해 달라고 바라면 남자는 오직 몸만 원할 것이라고. 상대는 쉽사리 눈앞의 쾌락을 손에 넣고, 나는 정자를 손에 넣는다. 그렇게 무미건조한 관계를 예상했다.

하지만.

막상 관계를 해 보니 전혀 달랐다.

사네자와는— 아주 다정했다.

사랑하는 연인을 바라보는 듯한 눈빛으로 나를 바라보며, 정말로 사랑스럽게 내 몸을 만져 주었다.

다정하면서도 격렬하게, 나를 거세게 갈구했다.

몸뿐만 아니라 마음까지 이어지길 바라듯이.

경험이 없으니 쓸데없이 나를 신성시하는 부분도 있을 것이다.

하지만 그렇다고 해서.

그런 얼굴을 보여주면, 그런 눈으로 바라보면.

내가 이상해지—.

"……윽."

안 돼. 위험해.

잘은 모르겠지만, 이대로 있다가는 위험할 것 같다.

나 자신을 통제할 수 없을 것이다.

그래서— 어제 **그것도** 말하고 말았다.

말할 생각은 없었는데.

왜 말했을까?

나를 더 알아 주길 바랐나……? 아니면 내가 어떤 여자인지 밝혀서 떨쳐내고 싶었나?

모르겠다.

하지만 이대로는 좋지 않다.

더 분명히— 선을 긋자.

적당히 타협하지 않도록.

가랑비에 옷이 젖지 않도록.

나는 샤워를 마친 뒤 방으로 돌아가서 종이 한 장을 꺼냈다.

낯선 침대에서 눈을 뜨자 이미 아침 열 시였다.

"─으."

어젯밤의 기억이 단숨에 되살아났다.

옆에는 아무도 없었다.

마구 벗어젖혔던 옷은 깔끔하게 정리되어 있었다.

모노우 씨 옷은 없고 내 옷은 깔끔하게 접혀 사이드 테이블에 놓여 있었다.

침대에서 뛰어 내려와 황급히 옷을 입었다.

침실에서 나가니─.

"어머."

모노우 씨는 이미 일어나 있었다.

거실에서 소파에 앉아 커피를 마시는 참이었다. 어제와는 다른 실내복을 입고 화장도 완벽했다.

"일어났구나, 사네자와."

"……아, 안녕히 주무셨어요? 늦잠 자서 죄송합니다."

"괜찮아. 그, 뭐…… 피곤할 테니까."

"……아하하."

조금 어색한 분위기가 흘렀다.

확실히 어젯밤에는…… 노력이 과했는지도 모르겠다.

네 번이라니.

아무리 처음이라지만 너무 힘썼잖아.

"이, 일단 샤워라도 하고 와. 개운해질 테니까."

모노우 씨가 그렇게 재촉했기에 나는 욕실로 향했다.

욕실 안에는 아직 수증기가 자욱했다. 내가 깨기 전에 샤워를 마친 모양이다. 익숙하지 않은 욕실에 당황하며 서둘러 몸을 씻고 거실로 돌아갔다.

"……목욕 수건까지 준비해 주셔서 감사합니다."

"별말씀을. 다른 것도 이것저것 준비하는 게 좋을지도 모르겠네. 오늘처럼 자고 갈 날도 있을 테니까."

그런 말을 하며 모노우 씨는 커피를 내어 주었다.

"차콜 커피인데, 괜찮으면 마셔 봐."

"네……?"

"차콜 커피. 쉽게 말해 숯 커피야."

모노우 씨는 조금 의기양양하게 말했다.

"숯에는 여분의 지방과 유분을 흡착해 배출하는 효과가 있어서 몸에 아주 좋거든. 내가 마시는 이건 MCT 오일이나 난소화성 덱스트린도 배합되어 있어서 당 흡수를 줄여 주고―."

"네에……."

"……방금 '역시 아줌마가 되면 이런 건강 식품에 빠지는

구나' 생각했지?"

"아, 아니에요! 잘 먹겠습니다! 와아, 맛있겠다!"

모노우 씨가 찌릿 노려보았기에 황급히 부정하며 컵에
입을 댔다.

난생처음 마시는 차콜 커피.

맛은 평범한 커피 맛이었고, 희미하게 숯의 씁쓸함도 느
껴졌다. 하지만 아주 맛있었다. 여기에 건강에도 좋다면
매일 마시고 싶은 사람의 마음도 이해가 된다.

"배고프면 일단 시리얼은 있는데…… 시간이 애매하네."

"그러게요……."

배는 고프지만, 늦잠을 잔 데다 밥까지 얻어먹기는 미안
했다. 점심때가 되기 전에 빨리 돌아가는 게 좋을지도 모
르겠다.

이런저런 생각을 하는데— 부스럭.

눈앞에 종이가 놓였다.

"이건……?"

"전에 말했던 계약서야. 만들어 봤어."

그러고 보니 그런 얘기를 했었다.

테이블에 놓인 종이에는 크게 '계약서'라고 적혀 있었고,
그 밑으로 자세한 문장이 이어졌다.

역시 영업과장. 갑과 을을 사용한 본격적인 문서였다.

요점을 간추리자면 이런 내용이었다.

- 이 건은 발설 금지.
- 아이가 생겨도 나에게 책임 및 양육비를 요구하지 않는다.
- 나는 나중에 친권을 요구해서는 안 된다.
- 상호 금전은 요구하지 않는다.

딱딱한 문장을 의역하면 이런 식이다.

대부분이 사전에 의논했던 내용이기에 이견은 없었다.

하지만— 마지막 한 문장.

다른 건 모두 컴퓨터의 서체인데 마지막 항목만 자필이었다.

마치 나중에 급하게 추가한 것처럼—.

- 어느 한쪽이 진심을 품는다면 이 관계는 종료한다.

"이건……."

"아아, 이건 일단…… 혹시 모르니까."

모노우 씨는 말했다.

부자연스러우리만큼 침착한 목소리로.

"말도 안 되긴 하지만…… 만에 하나의 일이 있을지도 모르니까. 초장에 약속하는 게 좋을 것 같아서."

"…………."

"만약, 만에 하나, 억에 하나, 어느 한쪽이 진심으로 좋아하게 되면."

이런 관계는 괴로울 뿐이잖아?

담담하고 조용히 내뱉은 말에 나는 아무 말도 할 수 없었다.

모노우 씨는 왜 마지막에 이 항목을 추가했을까?

그 말은— 지극히 당연한 것이다.

우리는 연인도 뭣도 아니라 목적을 위해 몸을 포갤 뿐이니까.

상대를 좋아하게 되어서는 안 된다.

적힌 내용은 지극히 당연해서 말할 것까지도 없는 것—.
그렇기에 그것을 굳이 명시한 데 부자연스러움을 느꼈다.

"……알겠습니다."

소화되지 않는 갑갑한 마음을 억지로 삼키고 나는 계약서에 서명했다.

그 뒤 이내 모노우 씨의 집을 나섰다.

역에 가는 길에 있던 소고기덮밥 가게에서 빠르게 점심을 해결하고 전철로 집에 돌아갔다.

전철 안에서 눈을 감고 많은 생각을 했다.

어쩐지 아직 꿈속에 있는 기분이었다.

현실감이 없었다.

동경하는 상사와 첫 경험을 하다니.

이제 나는 동정 딱지를 뗐다.

어엿한 남자가 되었다.

공식적으로 어른이 되었다.

고등학생 때는 동정을 벗어나면 극적으로 세상이 변할 것 같았다. 세상이 변하는 것까지는 아니더라도 세상이 선명하게 빛나는 듯 보이지 않을까 싶었다.

하지만 지금은…… 아주 복잡한 기분이었다.

쾌감이나 행복감이 없는 건 아니지만, 비슷한 정도로 열등감과 초조함이 마음에 달라붙어 들뜨는 기분을 억눌렀다.

멋대로 머리가 뒤죽박죽 생각했다.

앞으로의 일.

아침에 서명한 계약서.

그리고— 어젯밤의 일.

4회전을 마치고 서로 모든 것을 소진한 뒤—.

우리는 더 이상 일어날 수조차 없이 침대에 쓰러졌다.

겨우 숨을 고르고 졸음이 몰려오는 타이밍에.

문득 모노우 씨가 입을 열었다.

"……사네자와, 나 말이야."

반대쪽을 향한 채 나를 보려고도 않으며 모노우 씨는 말했다.

몹시도 지치고 피곤한 목소리로.

"—돌싱이야."

숨을 삼켰다.

뜨겁던 몸이 순식간에 차가워지는 착각이 들었다.

"회사 사람은 거의 아무도 모르지만…… 예전에 한 번 실패했어."

"…………"

"그래서 이제 필요 없어. 결혼도 연애도 두 번 다시 하고 싶지 않아…… 그런 시시한 일에 휘둘리는 건 지긋지긋해. 아이만 있으면 그걸로 만족해."

느닷없는 토로에 나는 아무 대답도 할 수 없었다.

그녀는 이미 새근거리기 시작했지만, 나는 졸음이 싹 가셔서 좀처럼 잠들 수 없었다.

"…………"

눈을 떴다.

전철은 덜컹거렸다. 목적지에는 아직 도착하지 않았다.

나는 모노우 씨를 안았다.

모두가 미인이라 인정하는 여성 상사와 관계를 가졌다.

하지만—.

아무리 몸을 포개도 우리는 남남에 불과했다.

나는 그녀에 대해 아무것도 몰랐다는 걸 새삼 깨달았다.

퇴근길, 독신 미인 상사에게 부탁받아서

제5장 모노우 과장님의 출장

첫 경험을 마친 뒤 일주일이 지났다.

동정을 졸업했다고 해서 세상이 변한 것은 아니다.

나와 그녀의 일상은 전과 다름없이 이어졌다.

월말이 다가와 영업부는 더욱 바빠졌다.

"과장님, 다음 주 사인회 자료를 확인해 주세요."

"고마워. 거기 둬."

"과장님, 편집부에서 부수 결정 회의 때문에 연락이 왔어요."

"나중에 내가 걸겠다고 해."

"과, 과장님…… 다음 달 판촉 이벤트 말인데요, 부장님께서 예산과 인원을 더 줄여서 소규모로 하는 게 어떻겠냐고 하시네요……."

"……알았어. 나중에 내가 직접 말씀드릴게."

모노우 씨는 오늘도 쿨하고 정열적으로 일을 소화했다.

나도 질 수 없다.

중간까지 진행한 판촉 플랜 자료를 단숨에 완성.

몇 번을 다시 읽어 확인한 뒤 모노우 씨에게 제출했다.

"확인 바랍니다."

모노우 씨는 자료를 받아 진지한 표정으로 살펴보았다.

긴장하며 대기하고 있으니.

"나쁘지 않네."

반가운 한마디가 돌아왔다.

"여기랑 여기 표현만 바꾸는 게 좋겠어. 너무 진부하니까 조금 더 비틀어 봐. 그리고 세일즈 문구도…… 'ㅇㅇ만부 돌파!'보다 구체적인 조회수나 재생 횟수를 내세우는 게 요즘엔 더 잘 먹히거든. 하지만 수정할 건 그 정도 뿐이려나……. 나머지는 편집부에 연락해서 직접 움직여 봐."

"네!"

마음속으로 브이 자를 그렸다.

"열심히 하네, 사네자와. 이번 달 실적도 달성했고."

"뭐, 겨우 달성했네요."

"하지만 이 정도로 들뜨면 안 돼. 실적은 본래 달성하는 게 당연한 거니까. 이 기세 그대로 마음을 다잡도록 해."

"아, 네. 알겠습니다."

여전히 다정하기도 하고 엄격하기도 한 모노우 씨였다.

아무것도 달라지지 않았다.

몸의 관계를 맺었다고 해서 직장에서 우리 둘의 관계는 변하지 않一.

"잠깐 기다려."

자리로 돌아가려는 나를 모노우 씨가 일어서며 불러 세웠다.

"넥타이가 비뚤어졌어."

그렇게 말하는 것과 동시에 손을 뻗어 넥타이의 매듭을

눌렀다.

"죄, 죄송합니다."

"정신 똑바로 차려. 몸가짐을 단정히 하는 것도 업무의 일환이니까."

살짝 당겨 매듭의 위치를 고쳐 주었다.

어, 어쩌지? 이건 좀…… 쑥스럽다.

모노우 씨가 지금껏 이런 걸 해 준 적이 있었던가?

몸도 얼굴도 꽤 가깝고, 지금은 업무 중이라 모두 보고 있는데—.

"……사이좋네요."

가까이에 와 있던 쿠츠와가 신기한 듯 말했다.

"—윽."

그 한마디에 모노우 씨는 손을 홱 뗐다.

"무, 무슨 소리야? 나는 그저…… 복장이 흐트러진 게 거슬렸을 뿐이지…… 저, 전혀 그런 게 아니야."

살며시 뺨을 물들이며 빠르게 잘라 말하는 모노우 씨.

"아하하. 그렇군요. 야, 똑바로 좀 해, 사네자와."

"으, 응."

밝게 웃으며 내 등을 두드린 뒤에 쿠츠와는 서류를 내밀었다.

"그럼 과장님, 이 자료를 확인해 주세요."

"……알았어."

모노우 씨는 자리에 앉아 건네받은 자료를 살펴보았다.

표정은 평소와 같았지만, 귀가 아직 조금 빨겠다.

몸의 관계를 가졌다고 직장에서 우리의 관계는 변하지 않았다—고는 할 수 없을지도 모르겠다.

"……너무 거리감이 없었나?"

나와 모노우 씨는 영업부가 사용하는 창고 중 한 곳에 와 있었다.

균등하게 늘어선 철제 선반에는 대량의 자료와 과거 판촉물 등이 난잡하게 수납되어 있었다.

오후 회의에 사용하고 싶은 게 있다는 모양이라 모노우 씨와 함께 창고까지 왔다.

찾는 김에 창고 정리를 하는데 그녀가 입을 열었다.

"네……? 뭐가요?"

"넥타이 말이야."

조금 미안한 듯한 목소리로 모노우 씨는 말했다.

"딱히…… 깊은 의미는 없어. 거슬려서 나도 모르게 손을 뻗었을 뿐이야. 정말로 그게 다야……."

"괘, 괜찮아요. 신경 안 써요."

"그럼 됐어. 하지만…… 앞으로는 조심하는 게 좋겠어. 회사에서 거리감 같은 거 말이야. 이상한 소문이 나면 성가시니까."

"아……."

이번 일은 그렇게까지 걱정하지 않아도 될 것 같지만. 쿠츠와는 그 뒤에도 평소랑 똑같았고, 무언가를 눈치챈 것 같지는 않다.

하지만 조심해서 나쁠 건 없겠지.

"사네자와도 싫지? 나 같은 사람이랑 사내에 소문이라도 나는 거."

"아뇨, 저는 딱히⋯⋯. 오히려 영광이죠. 아하하."

"영광이라니⋯⋯ 그, 그런 이야기가 아니야."

"죄, 죄송합니다."

쓸데없는 소리를 한 모양이다.

확실히 그런 이야기가 아니다. 만에 하나라도 우리의 관계가 들통나지 않도록 조심해야 한다는 이야기니까.

내 실언 때문에 조금 어색한 침묵이 찾아왔다.

묵묵히 작업을 이어가는데,

"⋯⋯그러고 보니."

옆에 선 모노우 씨가 뭔가 생각난 듯 입을 열었다.

"카노마타 씨한테 들었어―. 사네자와가 이번 달 전반에 실적을 달성하지 못한 이유."

"⋯⋯으."

"그쪽 일을 도왔다며?"

"그, 그건⋯⋯."

찌릿 노려보는 시선에 말문이 막혔다.

그 말은― 사실이었다.

이번 달 초, 동기인 카노마타는 일이 몹시 바빴다.

편집부나 유통 업자와의 다양한 문제가 겹쳐서 혼자서는 도저히 소화할 수 없는 일을 안고 어찌할 바를 모르고 있었다.

보다 못한 나는 나도 모르게 손을 내밀고 말았다.

"……무슨 이유가 있을 것 같았는데."

모노우 씨는 진저리 치듯 말했다.

"그런 사정이 있었다면 왜 말하지 않았어."

"……벼, 변명에 지나지 않을 것 같아서요."

실제로 변명에 지나지 않는다.

카노마타를 돕는 일에 주력하는 바람에 내 일을 소홀히 했으니까. 어떻게든 양립할 수 있을 줄 알았는데…… 안일한 생각이었다.

스스로의 실력을 너무 높게 평가했던 모양이다.

"과는 달라도 같은 영업사원끼리 서로 돕는 건 나쁘지 않아."

모노우 씨는 담담히 말했다.

"하지만 그것 때문에 자기 일을 소홀히 하는 건 본말전도야. 우선은 자기 일을 제대로 해야지. 그리고 힘들 때는 폼 잡지 말고 재빨리 위에 보고해서 지시를 받아. 알았어?"

"네. 알겠습니다……."

너무나도 맞는 말이었기에 나는 의기소침해질 수밖에 없었다. 몸의 관계를 가졌어도 역시 우리는 상사와 부하 직원이라는 걸 실감했다.

회사 밖에서 무슨 일이 있었더라도 그 관계는 변하지 않는다.

그 뒤—.

원하는 자료를 찾았기에 종이 상자에 정리했다.

"그럼 돌아갈까요?"

내가 종이 상자를 들고 창고를 나서려는데,

"아. 잠깐만."

당황한 목소리와 동시에 모노우 씨가 뒤에서 슈트 자락을 잡았다.

"왜 그러세요?"

"그게…… 저기."

조금 망설이면서도 말했다.

"……오늘 밤에 부탁해도 될까?"

아까까지의 의연하던 태도가 거짓말인 양 가느다란 목소리.

부끄러워하면서도 그것을 필사적으로 숨기는 듯한.

무슨 말을 하려는지는— 금세 알았다.

"혹시 선약이 있다면 거절해도 전혀 상관없지만……."

"……괘, 괜찮아요. 네. 시간은 텅텅 비거든요."

"그래? 그럼 잘 부탁할게."

매정하게 말한 모노우 씨는 재빨리 창고에서 나갔다.

"…………."

나는 조금 늦게 창고에서 나갔다.

묘하게 둥실대는 기분이었다. 부끄러운 건지, 기쁜 건지. ……말로 표현하기는 어렵지만, 마음이 들떴다.

오늘 밤이로구나.

일주일 만에 다시 그녀의 집에 가도 되는 모양이다.

그리고— 할 일을 해도 되는 모양이다.

아, 정말…… 이 느낌은 뭐지……?

우린 회사에서 무슨 이야기를 하는 거야……?

필사적으로 무표정을 유지하며 사무실로 돌아가자— 모노우 씨는 자기 자리에 앉아서 이미 평소의 얼굴로 일을 하고 있었다.

하지만 나와 일순 눈이 마주치자 살며시 뺨을 물들이며 얼굴을 홱 돌렸다.

묘한 어색함이 싹텄지만 직장의 소란 속에 사라져 갔다.

우리의 업무상 관계는 변함없다.

하지만 업무 이외의 관계는 크게 변하고 있었다.

밤이 되었다.

지정된 시간은 8시였다.

회사에서 일단 집으로 돌아가 저녁을 먹고 옷을 갈아입은 뒤 그녀의 집으로 향했다.

"어서 와."

나를 맞아 준 모노우 씨는— 아직 슈트 차림이었다.

"어라……?"

"아아, 이거? 회의가 좀 길어져서."

자신의 슈트를 잡으며 쓴웃음 지었다.

"정말로 방금 집에 왔어."

"……고생하셨습니다."

관리직은 역시 평사원인 나와는 비교도 할 수 없을 정도의 일을 하는 모양이다.

집 안으로 들어갔다.

직장에서는 익숙한 슈트 차림의 모노우 씨.

그 뒷모습을 보며— 다시금 생각했다.

이 사람은 정말로 슈트가 잘 어울리는구나.

자로 잰 듯 몸에 딱 어울리는 핏. 타이트한 치마에서 뻗어 나온 다리는 검은 팬티스타킹에 감싸여 있었다. 보통은 나도 모르게 가슴에만 주목하지만, 모노우 씨는 다리도 아주 아름답구나.

평소 직장에서는 필사적으로 스스로를 다스리며 이상한 눈으로 보지 않도록 조심하지만…… 어라? 하지만 지금은 직장이 아니잖아.

이곳에는 우리 둘밖에 없고, 업무 시간도 아니다.

그 말인즉슨—

"잠깐만 기다려 줄래? 지금 옷을 갈아입고 올 테니까."

"……네?"

나도 모르게 큰 소리가 나왔다.

모노우 씨는 고개를 갸웃거렸다.

"왜 그래?"

"아뇨, 그게…… 가, 갈아입으시게요?"

"그럴 건데?"

"……그렇군요. 그렇겠죠?"

"뭐야? 왜 그래?"

"아뇨……. 아, 아무것도 아니에요. 혼잣말이에요."

"신경 쓰이네……."

수상쩍은 눈빛으로 나를 노려보았다.

"할 말이 있으면 똑바로 해."

"……그, 그게."

눈빛의 압력이 어마어마해서 나도 모르게 본심을 털어놓았다.

"오늘은…… 슈……."

"슈?"

"슈트 차림으로…… 해도 될까요?"

"……뭐?"

모노우 씨는 처음엔 멍했지만, 몇 초 뒤 얼굴이 새빨개졌다.

"……뭐라고 하면 좋으려나?"

침실로 이동한 뒤 모노우 씨는 말했다.

어이없으면서도 어쩔 줄을 모르는…… 그리고 수치심이 밴 목소리로.

"최근 들어 느끼는데…… 사네자와는 사실 꽤 변태지?"

"……죄, 죄송합니다."

"슈트 차림으로 하고 싶다니……. 나 참, 무슨 생각을 하는 거야? 이런 건 평범한 업무 복장이잖아? 노출도 많지 않고, 섹시함이라고는 조금도 없는데……."

"그게, 평범한 업무 복장이기 때문에 좋다고나 할까요?"

"……사네자와는 평소 회사에서 나를 그런 눈으로 봤던 거야? 슈트가 야하다고 생각했어?"

"……드릴 말씀이 없네요."

"부, 부정을 해야지, 바보야……."

곤란한 듯한 표정을 짓는 모노우 씨.

"재킷은 벗어도 될까? 구겨지면 성가시거든."

긴장으로 뺨을 물들이며 슈트 재킷을 벗었다.

훤히 드러난 블라우스 차림에 나도 모르게 숨을 삼켰다.

얇은 천을 밀어 올린 거대한 두 언덕. 크다. 역시 크다. 블라우스 차림의 모노우 씨는 역시 위험하다.

재킷을 곱게 접어 둔 뒤 모노우 씨는 침대에 앉았다.

나도 머뭇머뭇 옆에 앉았다.

"마, 만져도 될까요……?"

"마음대로 해."

어이가 없는지 약간 자포자기한 모습이었다.

나는 결심하고 손을 뻗었다.

옆에 앉은 그녀의— 팬티스타킹에 감싸인 허벅지로.

"……앗?!"

예상 밖이었는지 곤혹스러운 목소리를 냈다.

"그, 그쪽?"

"안 될까요?"

"안 되는 건…… 아니지만."

허락이 떨어졌기에 나는 팬티스타킹에 감싸인 허벅지를 만졌다.

우와…… 굉장하다. 이게 뭐야?

보들보들한데 탱탱한 모순. 팬티스타킹은 이렇게 형언할 수 없는 감촉인 거야? 섬유로 덮였는데 살갗의 감촉이나 온도가 분명히 전해졌다. 육체와 섬유의 질감이 더해져 생겨나는 독특한 시너지…….

이것이 팬티스타킹 너머의 허벅지……!

"……자, 잠깐!"

미지의 감촉에 매료된 내가 계속 허벅지를 만지자 모노우 씨가 곤혹스레 말했다.

"역시 안 되겠어! 그렇게…… 열심히 만지지 마."

"왜요?"

"그야…… 부, 부끄럽잖아. 나, 허벅지 굵단 말이야……."

정말로 부끄러운 듯 말했다. 이미 몸을 포갠 관계인데

허벅지는 부끄러운 건가? 여성의 가치관은 알다가도 모르겠다.

"저, 전혀 굵지 않아요."

"······빈말은 됐어. 사, 사실은 더 가늘어. 하지만······ 요즘 좀 소홀히 했더니······. 마음만 먹으면 금방."

"저기······ 굵긴 굵지만······ 오히려 굵어서 좋다고 할까, 최고라고 할까. 허벅지는 얼마든지 굵어도 돼요!"

"그럴 리가 없잖아!"

경쾌하면서도 묘한 대화 사이에도 허벅지에서 손을 떼지 않았다.

이제 나도 나를 멈출 수 없다.

쓰다듬고, 문지르고, 주무르고, 손가락을 뻗어 팬티스타킹 너머의 살갗을 탐했다.

"음······."

모노우 씨는 서서히 달콤한 목소리를 내기 시작했다.

허벅지를 기는 손은 서서히 다리 위쪽으로 올라갔다.

그리고 이윽고 손가락은 허벅지 안쪽에 이르렀다.

허벅지 안쪽 깊숙이, 천천히, 천천히— 하지만 그때.

"······안 돼. 이제 그만해!"

모노우 씨는 갑자기 내 손을 잡고 제지하며 애원했다.

"더 이상은······ 안 돼."

아뿔싸.

아무래도 너무 과했나?

나는 창백해질 정도로 후회하기 시작했는데—.

"더 이상…… 조바심 나게 하지 마."

뺨이 상기된 채 거친 숨을 내쉬며 촉촉한 눈동자로 그녀는 말했다.

말뜻을 이해한 순간— 이성이 날아갔다.

본능에 따라 그녀를 덮쳤다.

약 한 시간 만에 우리의 전투는 끝났다.

"……역시, 그거네."

거사를 치른 후에 흐트러진 머리카락을 정리하며 모노우 씨는 말했다.

깊은 숨을 토해내듯.

"사네자와를 상대로 고른 건 실수였는지도 모르겠어."

"…………."

"설마 이렇게까지 변태일 줄은 몰랐어. 순수하고 성실하게 생겨서는…… 정말이지."

"……아하하."

"다른 사람에게 아이를 만들자고 부탁할까?"

"네?!"

"이대로 가다가는 다음엔 어떤 변태 플레이를 요구받을지 모르겠단 말이야."

"그럴 수가……. 자, 잠깐만요."

"농담이야."

모노우 씨는 당황한 나를 보고 큭큭 웃었다.

간 떨어지는 줄 알았네. 진짜로 화가 난 줄 알았다.

모노우 씨는 침대에서 내려가더니 브래지어를 주워 들었다.

몸을 앞으로 구부려 커다란 가슴을 익숙하게 정리해 넣었다.

……뭘까?

난 이런 모습을 엄청 좋아하는지도 모르겠다. 여성이 가슴을 브래지어에 척척 수납하는 모습……. 응, 좋다. 뭔가 좋다.

빤히 바라보고 싶은 기분이었지만, 더 이상 변태 인증을 받으면 곤란하기에 나도 나대로 속옷을 회수해 옷을 입으려 했다.

"오늘은 어떻게 할래? 자고 갈래?"

"집에 갈게요. 내일도 출근해야 하니까요."

"그래. 그럼 나도 내일 준비를 해야겠다."

"아, 그러고 보니 과장님은……."

"내일부터 사흘간 도호쿠에 출장 가."

한숨 섞어 말했다. 별로 내키지 않는 모양이다.

출판사 영업은 그렇게까지 출장이 많은 일은 아니지만, 없는 것도 아니다. 지방 서점에 가거나, 해외 사인회에 함께하거나, 책을 낸 저명인의 이벤트에 초대받거나…… 기

153

타 등등.

"내가 없어도 정신 똑바로 차려, 사네자와."

"네. 과장님도 몸조심하세요."

"……그거."

옷을 다 입었을 때 문득 그녀가 말했다.

"사네자와, 계속 그렇게 부르네. '과장님'이라고."

"……네? 그런데요……."

상사에게 지극히 평범한 호칭이라고 생각했는데.

"잘못했나요?"

"아니, 그게 아니라. 회사에서 과장님이라고 부르는 건 상관없지만…… 사네자와는 회사 밖에서도 과장님이라고 부르니까……."

"…………."

"그게, 그렇잖아……. 침대에서까지 '과장님', '과장님'이라고 부르면…… 왠지 응? 흥이 식는다고 할까."

"아…… 그, 그렇군요."

이제야 무슨 말을 하려는지 알았다.

확실히…… 분위기를 망치는 호칭일지도 모르겠다. 아무리 연인이 아니라지만, 최소한의 매너는 있겠지.

"저기…… 그럼."

잠시 생각한 뒤 나는 말했다.

"―유이코."

모노우 씨의 이름을 불렀다.

아마 처음 말해봤을 것이다.

"……라고 부를까요? 단둘이 있을 때는."

말한 뒤 맹렬한 후회가 밀려들었다.

왜냐하면—.

"……~~윽?!"

모노우 씨의 얼굴이 점점 빨개졌기 때문이다.

"무, 무슨 생각을 하는 거야! 사, 상사 이름을 그냥 막 부르다니……! 모, 몰상식한 데도 정도가 있지!"

"죄, 죄송합니다! 하, 하지만 과장님이 호칭을 바꿔 보라고 하셔서……."

"말하긴 했지만……. 하지만, 그렇다고…… 그렇게, 갑자기, 단둘이 있을 때만 이름을 부른다니 왠지, 완전히 그런 건……. ~~으으!"

분노와 쑥스러움으로 얼굴이 새빨개진 모노우 씨.

나도 부끄러워졌다.

"저기, 그럼…… 일단 '모노우 씨'라고 부르는 건 어떠세요?"

"……그, 그래. 그 정도의 거리감이 좋겠네. 혹시 실수로 회사에서 불러도 문제없을 테고."

단둘이 있을 때는 '모노우 씨'라고 부르는 것으로 결정되었다.

이 정도의 변경이라면 순조롭게 이행할 수 있을 것이다. 본래 머릿속에서는 '모노우 씨'라고 불렀으니까. 회사에서는 의식해서 직함을 말했다.

"……나 참, 사네자와는 정말 좀 허당이라니까……. 이렇게 느슨한 면모가 업무 실수로 이어진다고."

동요가 진정되지 않는지 모노우 씨는 따발총처럼 설교하기 시작했다.

나는 쓴웃음을 지으며 머리로는 다른 생각을 했다.

즐겁다.

정말로 즐겁고 행복하다.

모노우 씨와 이렇게 거리를 좁힐 수 있을 줄은 생각도 못 했다. 단순한 상사와 부하의 틀을 넘어 유일무이한 관계를 구축할 수 있을 것 같다.

기쁘다―고 들뜬 반면.

마음속 깊은 곳에서는 또 하나의 내가 냉정한 목소리로 말했다.

표면적인 것이라고.

거리가 좁혀진 것 같지만 실제로는 전혀 좁혀지지 않았다. 이전보다 편한 대화를 할 수 있게 되어도 가장 묻고 싶은 것은 물을 수 없다.

―……사네자와, 나 말이야.

―돌싱이야.

"사네자와, 듣고 있어?"

"네?"

"왜 그렇게 멍하니 있어?"

"······아니요."

아무것도 아니에요, 그렇게 말했다.

다음 날.

점심시간에 쉬면서도 문득 생각했다.

"······못 물어보겠어."

휴게실의 벤치에 앉아 자판기에서 산 커피를 한 손에 들고 홀로 중얼거렸다.

모노우 씨의 과거.

돌싱.

아직 조금 믿기질 않는다.

그 모노우 씨가 과거에 결혼했었다니.

나이를 생각하면 신기할 일도 아니겠지만······ 전혀 상상도 못 했기에 놀랐다.

결혼했고, 이혼했다.

말로 하기는 간단하지만······ 분명 거기에는 본인밖에 모를 고뇌와 갈등이 있었으리라 예상된다.

그녀가 지금 바라는 것도— 연애도 결혼도 하고 싶지 않지만 아이만은 갖고 싶다고 바라는 것도, 그 과거와 뭔가 관계가 있을까?

알고 싶다. 물어보고 싶다.

허락된다면 꼬치꼬치 묻고 싶다.

하지만— 그렇게 쉽게 파고들어도 될 이야기가 아닐 것이다.

연인도 아닌 내게는 그녀의 과거를 물을 자격이 없다.

흥밋거리 삼아 추궁해 봤자 귀찮을 뿐이리라.

응.

그래. 그만두자.

이렇게 이런저런 추측을 하는 것만도 상당히 무례한 일이니까. 모노우 씨가 내게 바라는 건 분명 더 무미건조하고 확실하게 선이 그어진 관계일 테니까.

그렇다. 너무 이래저래 파고들면…… 지금 이 관계조차 끝날지도 모른다. 이번에는 진지하게 '사네자와를 상대로 고른 건 실수였어'라고 하면—.

"……응?"

문득 의문이 들었다.

골라?

모노우 씨가 골랐다.

즉…… 선택받은 건가? 내가?

처음에 지금의 관계를 부탁받았을 때 받아들일지 말지로 머리가 복잡했고…… 그러고 보니 생각하지 못했다.

왜 내가— 상대로 선택됐는지.

흐음.

뭐, 깊은 이유는 없을지도 모른다.

가까이에 있던 알맞은 상대가 나였을 뿐, 내가 안 되면 이내 다른 상대를 찾았겠지.

아니면…… 동정이니 잘 꼬시면 쉽게 걸릴 것 같았나?

그건 그것대로 복잡하네—.

"앗, 사네자와."

생각에 잠겨 있는데 누군가 말을 걸었다.

카노마타였다.

"여기 있었구나. 쉬고 있어?"

"뭐, 그렇지."

"그럼 나도 쉬어야겠다."

자판기에서 음료를 사서 내 근처의 의자에 앉았다.

"왜 그래? 무슨 생각을 하는 것 같던데."

"여러 가지."

"흐음? 오늘은 모노우 과장님도 없으니 설렁설렁 일할 줄 알았는데."

놀리듯 말했다.

으음. 역시 회사에서는 '여제'라는 느낌이 강하구나, 모노우 씨.

내 개인적으로는 요즘 들어 완전히 그런 이미지가 없어졌지만.

"모노우 과장님은 그렇게 군기반장 같은 사람 아니야."

"뭐 그렇지. 엄하지만 다정하고. 멋있지."

그리고 나는 문득 떠오른 게 있어 입을 열었다.

"아아, 그러고 보니 카노마타, 그 건, 모노우 과장님께 말했지?"

그 건— 내가 일을 도운 건이다.

"……아, 미안해. 말했어."

에헤, 하고 쓴웃음 지으며 말했다.

"도저히 조용히 있을 수가 없어서. 그것 때문에 네가 모노우 과장님께 혼났잖아?"

"혼났다기보다…… 주의를 받은 거지."

"정말 미안해. 괜히 나 때문에……."

"신경 쓰지 마. 내가 멋대로 도운 거니까."

"하지만……."

"모노우 과장님도 그렇게까지 진심으로 화낸 건 아니야. 아니, 진심은 진심이지만, 감정적으로 화를 낸 게 아니라 부하를 생각해서 격려와 지도를 했다고 할까? 그 사람은 그냥 엄하기만 한 다른 사람과는 달리—."

거기까지 말하고 문득 깨달았다.

카노마타가 지루하다는 얼굴로 빤히 이쪽을 보고 있다는 것을.

"……사네자와는 모노우 과장님께 쓸데없이 충성심이 높네?"

"그, 그래?"

"다들 모노우 과장님에 대한 불평을 말할 때도 절대로 끼지 않잖아. 직속 부하라 제일 많이 혼나는데."

"그, 그건 내가 아직 미숙해서 혼나는 것뿐이야……."

"그런데 요즘…… 모노우 과장님과 사네자와는 좀 친밀하지 않아? 전보다 미묘하게 거리감이 가까워진 것 같아."

흠칫, 하고 몸이 굳었다.

"모노우 과장님은 사네자와랑 말할 때만 표정이 조금 부드러운 것 같아."

"그그, 그렇지 않아."

나도 모르게 목소리가 갈라졌다.

위험하다. 대단히 위험하다.

역시 어딘가에서 티가 나는 건가?

선을 넘은 남녀에게만 감도는 특유의 기색 같은 것이.

"하나도 달라지지 않았어……. 전혀 친해지지 않았어. 오히려 어떻게 하면 친해질 수 있을지 내가 묻고 싶을 정도야……. 아하하."

"……흐음. 뭐, 어떻든 상관없지만. 나도 평소에 계속 보고 있는 건 아니니까."

가볍게 어깨를 들썩인 뒤,

"아무튼 여러모로 고마워. 다음에 한턱낼게."

카노마타는 분위기를 전환하듯 말했다.

"그런데 좀 더 술 마시러 가고 그러자."

"웅?"

"다음에 미팅까지는 아니지만, 애인 없는 또래 남녀가 모여서 가볍게 한잔할 계획을 세웠거든."

"……그게 미팅이 아니면 뭔데?"

가볍게 태클을 건 뒤 말을 이었다.

"그런 건 사양할게. 형 사인이라도 부탁하면 귀찮거든."

미팅 같은 것은 몇 번인가 경험해 봤지만, 솔직히 좋은 추억이 없다.

대개 형 얘기로 흘러간다.

내가 말하지 않아도 다른 남자가 화제로 삼는다. 그리고 '슌이치로 선수는 평소에 뭐 해?', '아는 축구 선수 있어?' 등의 질문 공세.

심할 때는 형이 나온 광고를 따라해 보라고까지 한다.

"엥~ 그게 뭐야? 자기 평가가 너무 박하지 않아?"

납득되지 않는 듯 카노마타가 말했다.

"어쩌면 형 때문이 아니라 순수하게 사네자와 개인에게 관심 있는 여자도 있을지 몰라."

그런 사람이 있을까?

있으면 좋겠지만.

"여성을 불신하는 마음은 이해해. 야망이 가득한 여자는 대단하니까. 온 힘을 다해 육식 짐승이 되지."

쓴웃음을 지으며 카노마타는 말했다.

"내 지인 중에도 있어. '반드시 프로 야구 선수랑 결혼하겠어!'라며 의욕이 충만한 사람. 지금은 소속사에 들어가서 모델 활동 중인데, 그런 저명인사가 오는 클럽이나 라운지에 다닌다나 봐."

"흐음."

"프로 야구 선수의 아이를 낳아서, 아이도 프로 야구 선수로 만드는 게 꿈이래. 그리고 자기는 워킹맘 연예인으로 인기를 얻겠대."

"그렇게까지 구체적이면 오히려 응원해 주고 싶네."

나는 가볍게 웃으며 말했다.

"하지만 뭐, 아빠가 프로 야구 선수라고 해서 재능이 유전되리라는 법은 없겠지. 나도 형과 유전자는 비슷할 텐데 상당한 재능 차이가―."

그때.

나는.

깨달았다.

깨닫고 말았다.

"―윽."

튀어 오르듯 기세 좋게 자리에서 일어났다.

"응? 왜, 왜 그래?"

"……미안해. 볼일이 생각났어."

참지 못하고 휴게실에서 걸어 나갔다.

하지만 어디로 가면 좋을지 알 수 없었다.

그렇지만 잠자코 있을 수는 없었다.

"…………."

아아, 그렇구나. 그런 거구나.

알았다. 알고 말았다.

하지만 알고 싶지 않았다.

모노우 씨가 아이를 만들 상대로 나를 고른 이유—.

그럴 리가 없다.

간단한 이야기다. 지극히 당연한 이야기다.

애초에— 나를 고른 게 아니었다.

그녀가 원한 건 내 정자가 아니다.

일류 축구 선수 동생의 정자다.

결혼하지 않고 아이만 갖고 싶다면— 우수한 정자가 좋은 게 당연하다. 유전적으로 뛰어난 남자의 정자가 좋은 게 당연하다. 해외 정자 은행에서도 고학력 남성이나 사회적 지위가 높은 남성의 정자는 값이 비싸다고 한다.

그것이 소위 말하는 정자의 시세.

우수한 남성의 정자는 비싸다.

그리고 나는…… 우수한 남자와 직접 피가 섞인 동생.

현재 능력이나 지위와는 상관없이— 정자만은 우수할 터였다.

"……하하."

메마른 웃음이 새어 나왔다.

웃을 수밖에 없었다.

어째서 '선택된' 것인지 의문스러웠던 내가 부끄러웠다.

착각도 유분수다.

그녀에게 나 개인은 전혀 상관없었다.

나는 다만 우수한 정자를 배출하기 위한 장치.

결국 이런 때에도 나는— 형의 대체품에 불과한 것이다.

제6장 모노우 과장님의 귀환

형, 사네자와 슌이치로는 누가 봐도 한눈에 알 수 있는 천재였다.

어렸을 때부터 축구 외길을 걸었고, 초등학교 4학년 때 주니어 팀의 스카우트를 받을 정도의 인재였다. 클럽팀에 소속된 뒤로도 비교할 수 없는 천재성을 발휘했다.

고등학교 졸업과 동시에 프로 입단.

모두가 이상으로 여길 법한 엘리트 가도를 걸어 왔다.

나는 그런 형을 자랑스럽게 생각했고, 형처럼 되고 싶어서 필사적으로 축구를 했다.

진지하게, 죽기 살기로 했다.

하지만…… 현실은 비정했다.

같은 배 속에서 태어났지만 결과는 전혀 달랐다.

아무리 열심히 노력해도 형처럼은 될 수 없었다.

『으음, 형은 대단했는데.』

『동생도 나쁘지 않지만…… 뭐, 슌이치로에 비하면.』

『동생은 별 볼 일 없네.』

『좀 더 열심히 해 봐. 열심히야 하고 있겠지만…….』

『하루히코. 너는 수비수로 전향하는 게 좋겠어. 공격수는 타고난 재능이 없으면 힘드니까. 너는 형과는 다르니 주제 파악해.』

『아하하. 그래. 형에 비교하면 가엾지.』

『이런 건 보통 차남 쪽이 재능 있지 않나?』

『천재 형제라는 특집을 구성하고 싶었는데…… 으음.』

다가온 어른들은 모두 멋대로 기대하고는 멋대로 실망했다.

나는 그 모두에 귀를 막고 한눈도 팔지 않은 채 앞만 보고 달렸다.

유스팀에 떨어져도, 강호 학교에서 주전이 되지 못해도, 그래도 지푸라기라도 잡아가며 프로를 목표로 했다.

하지만—.

대학교 2학년, 봄.

연습 시합에서 돌이킬 수 없는 큰 부상을 당했다.

오른쪽 무릎, 십자인대 절단.

전치 1년.

의사 선생님이 말씀하시기를, 수술하면 일상생활은 문제없다. 하지만 전처럼 축구를 할 수 있게 되려면 몇 년이 걸릴지 알 수 없다. 어쩌면 다시는 전처럼 플레이할 수 없을지도 모른다.

프로 미만의 대학생에게 너무나도 치명적인 큰 부상이었다.

내 축구 인생은 이렇게 막을 내렸다.

긴 재활치료 생활을 지나 드디어 목발 없이 걸을 수 있게 된 뒤로 급히 구직 활동을 시작했다.

아무런 장점도 없는 내가 대형 출판사에 합격한 건— 형의 영향이 컸을 것이다. 어떤 면접에서든 형의 이야기를 하면 크게 좋아했다. 인사팀도 단번에 얼굴을, 형과 닮은 얼굴을 기억했을 것이다.

축구를 그만둬도 내 인생은 형의 영향에서 벗어날 수가 없다.

아무리 발버둥 쳐도, 아무리 눈을 돌리려 해도.

그리고— 지금.

아무래도 난생처음 섹스한 여성까지도 형의 후광에 이끌린 사람에 지나지 않았나 보다.

흐물대며 정신을 차렸다.

"……크아."

휴일 아침이었다.

스마트폰을 보자 시간은 오전 11시.

상당히 게으른 기상이었다.

평소에는 휴일에도 규칙적으로 일어나지만, 어제는 술을 사 와 혼자 늦게까지 마셨다.

평소 혼술은 좀처럼 하지 않는다.

하지만 어제는…… 마시고 싶은 기분이었다.

"……으."

잠이 덜 깬 머리로 침대에서 내려온 순간— 오른쪽 무릎에 둔한 통증이 내달렸다.

걸을 수 없을 정도는 아닌, 위화감 같은 동통(疼痛).

무릎 부상은 거의 완치되었지만, 기압 변화 때문에 은은하게 아플 때가 있다.

아무래도 오늘은 기압이 내려간 모양이다.

지금은 구름만 낀 모양이지만, 오후부터 비가 쏟아질지도 모르겠다.

"…………."

술 캔과 과자 봉지로 어질러진 방을 정리했다.

그 뒤에는 씻고 컵라면을 끓였다.

밤중까지 자지 않고 술과 과자를 섭취한 뒤 느긋하게 일어나 점심은 컵라면. 프로를 노리던 시절에는 생각도 할 수 없던 식생활이다.

"……하아."

한숨이 나왔다.

이 기분은 뭘까?

나는 모노우 씨에게 어떤 마음을 품으면 좋을까?

화를 내면 좋을까? 슬퍼하면 좋을까?

배신당했다는 기분이 들어 충격이었지만…… 냉정하게 생각하면 나 혼자 뭔가를 기대하며 들떴을 뿐이다.

그녀는 처음부터 말했다.

목적은 아이를 만드는 것이라고.

그리고 자신은 좋을 대로 안을 수 있는 여자라고 생각해 달라고.

그렇다면— 나도 그러면 될 뿐일지도 모르겠다.

깊게 생각하지 말고.

쓸데없는 생각하지 말고.

합리적으로 생각하자.

아이처럼 고민하지 말고 성숙하게 판단하자.

편리한 섹스 파트너가 생겼다고 생각하자.

그래. 그렇다. 그런 거다.

오히려 운 좋은 거잖아.

공짜로 그런 미녀와 마음껏 섹스할 수 있으니까.

윈윈인 관계다.

형이 천재라 정말 다행이다.

"……어? 비 오네."

컵라면을 먹는데 밖에서 투둑투둑 소리가 났다.

밖에서는 비가 내리기 시작했다.

내 오랜 상처의 기압 센서는 쓸데없이 뛰어나구나.

자. 오늘은 뭘 할까? 아무것도 할 마음이 안 들고, 비는 꽤 거세게 내리기 시작했으니 오늘은 집에 그냥 처박혀 있을까?

OTT로 적당한 영화를 보거나, 새로운 소셜 게임이나 만화를 시작하거나, 뭐든 좋으니 게으른 휴일을—.

그런 생각을 하고 있는데 스마트폰이 진동했다.

모노우 씨의 연락이었다.

"미안해, 사네자와. 휴일에 불러내서. 정말 고마워."

자택의 현관에 모노우 씨는 들고 있던 쇼핑백을 털썩 놓았다.

슈트의 어깨 부분은 비에 살짝 젖어 있었다.

뒤따른 나도 건네받았던 쇼핑백과 캐리어를 놓았다.

"역에 도착했더니 쏟아지잖아……. 택시는 전혀 안 잡히지, 우산은 품절이지, 선물은 잔뜩 있지……. 정말 어쩌면 좋을지 모르겠더라고."

오늘은 모노우 씨가 출장에서 돌아오는 날이었다.

그쪽에서 회사용 선물을 잔뜩 받는데, 돌아온 타이밍에 마침 비가 내렸다는 모양이다.

도움을 요청받은 나는 그녀의 우산을 하나 사서 역으로 갔고, 절반의 짐을 들고 아파트까지 동행했다.

"앗. 우산값도 줄게."

"그 정도는 괜찮아요."

"안 되지. 그런 건 정확히 해야 해."

그 자리에서 천 엔짜리 지폐를 꺼내어 내게 주었다.

여전히 정직한 사람이다.

"저기…… 그럼 저는 이만."

내가 내 우산을 들고 떠나려는데.

"응? 잠깐 기다려."

당황한 모습으로 나를 불러세웠다.

"무슨 볼일이라도 있어?"

"그런 건 아니지만⋯⋯."

"그럼 들어갔다 가. 커피라도 마시고."

불러놓고 바로 보내기는 미안했는지, 모노우 씨는 그런 제안을 했다.

거절하기도 미안해서 집으로 들어갔다.

하지만⋯⋯ 어째 좀 그랬다.

나를 집에 들이는 것에도 이제 아무런 거부감도 없는 모양이다.

이미 몇 번이나 집에 들어왔으니 당연하다면 당연할지도 모르지만, 이 가까운 거리감이 공연히 초조했다.

"앗. 사네자와, 꽤 많이 젖었네."

그렇게 말하며 욕실에서 수건을 가져왔다.

"미안해. 짐이 좀 많았지?"

미안한 듯 말하며 수건으로 머리와 어깨를 닦아 주었다.

그 자연스러운 다정함에, 거리감이 가까운 배려에― 가슴이 술렁였다.

우리는 이미 몇 번인가 몸을 포갰다.

그 정도의 접촉은 이제 의식할 정도도 아닐 것이다. 카노마타에게도 지적받았듯, 역시 거리감이 가까워졌는지도 모르겠다.

그렇기에― 나는 무언가를 착각하고 말았다.

내가 선택받았다고.

아무리 정자를 노렸다지만, 뭔가 남자의 매력이 있었으니 상대로 골라 준 것이리라고.

하지만 아니었다.

내가 선택받은 건 피가 섞인 형이 우수했으니까.

내 인간성이나 능력은 아무런 평가 기준도 되지 않았다.

그녀에게 나는 정말로 그저 정자만 받으면 되는 존재.

그렇다면— 그걸로 됐다.

멋대로 이상한 기대를 한 내 잘못이다.

이제 기대 따위 하지 않겠다.

"……앗."

수건을 든 손을 잡았다.

놀라서 얼굴을 든 그녀를 똑바로 바라보았다.

"모노우 씨."

나는 입을 열었다.

"안아도 될까요?"

나도 놀랄 정도로 차갑게 말했다.

합리적으로 생각하자.

그리고 어른의 관계만을 즐기자.

이 사람도 그걸 원할 것이다.

몸 이외의 것을 원해 봤자 성가실 뿐일 것이다.

그렇다면 원하는 대로 몸만 갈구하자.

이 여체를 마음껏 즐기자.

정말로 편리한 섹스 파트너처럼 대하면 된다.

"뭐, 뭐어?! 무…… 무슨 소리를 하는 거야?!"

"안 될까요?"

"아, 안 된다기보다는…… 이렇게 갑자기……. 아직 밝은데— 꺅."

대답도 기다리지 않고 억지로 안았다.

거세게, 거세게 끌어안았다.

배 속에서 솟구치는 어두운 감정에 몸을 맡기고.

"어머……! 왜, 왜 그래……? 이런 건…… 으윽."

겁먹은 목소리를 무시하고 목덜미에 입을 댔다.

옷 속에 손을 넣고 민감한 부분을 더듬었다.

그녀의 입술에서는 점점 달콤한 숨소리가 새어 나왔다.

"사네자와……."

처음에는 몸을 뒤틀며 저항했지만, 서서히 그 힘은 약해졌고, 마지막에는 내게 몸을 맡겼다.

이변은— 이내 찾아왔다.

"……응?"

침대 위.

모노우 씨를 뒤덮는 자세로 곤혹스러운 목소리를 냈다.

서지 않는다.

마침내 삽입하는 단계가 되었는데도 내 물건은 딱딱해지지 않았다. 평소라면 아무 짓 안 해도 어마어마하게 활기찬데.

"……왜지?"

"무슨 일 있어……?"

"괘, 괜찮아요. 잠깐만 기다려 주세요. 지금 바로……."

상대에게 들키지 않도록 얼버무리고 필사적으로 키우려 했다.

하지만 안달 내면 낼수록 강직도를 잃어 갔다.

"……아."

부자연스러운 행동 때문인지 모노우 씨도 내 이상을 알아챘다.

하지만 내게 상처 주지 않고자 조용히 기다려 주었다.

1분, 2분, 3분…… 전혀 발기할 기색은 없었다. 이윽고 보다 못한 그녀가 조금 도와줬지만…… 그래도 결과는 똑같았다.

"……죄송합니다."

상대의 눈을 보지 못하고 고개를 숙인 채 사죄할 수밖에 없었다.

너무한다.

이게 뭐지?

나도 영문을 모르겠다. 머리는 새하얘졌고…… 심상치

않은 비참함이 가슴을 메웠다. 너무하다. 한심하다. 구리다. 볼썽사납다. 그렇게 억지로 유혹해 놓고 정작 중요한 순간에 쓸모없다니.

"괘, 괜찮아. 기운 내."

고개를 떨구고 침울해하는 나를 밝은 목소리로 위로해 줬다.

"어쩔 수 없지……. 잘은 모르겠지만, 남자는 컨디션이 안 좋은 날도 있잖아? 사네자와는 아직 경험이 적고……. 그러니까 너무 속상해하지 마. 응? 난 전혀 신경 안 써……."

위로를 받아도 한심함은 커져만 갔다.

내가 아무 말도 하지 못하자 모노우 씨의 목소리도 서서히 가라앉았다.

"……역시 나 같은 연상에게는…… 기분이 안 나지? 처음에는 흥분해도 익숙해지면 젊은 사람이 더 좋을 게—."

"아니에요."

나는 모노우 씨가 자조하듯 내뱉은 말을 반사적으로 부정했다.

"……그게 아니에요. 그게 아니라……."

하지만 말을 이어갈 수 없었다.

"……윽. 죄송해요. 저는 그만 돌아갈게요."

눈도 마주치지 못한 채로, 서둘러 옷을 입고 집을 뛰쳐나갔다.

비는 이미 그친 뒤였다.

하지만 위를 볼 마음은 들지 않았다.

불가능했던 원인은…… 어렴풋이 알 수 있었다.

머리로 아무리 성숙하게 판단하려 해도— 마음은 짜증이 나리만큼 섬세하고, 몸은 부끄러울 정도로 솔직했던 모양이다.

제7장 모노우 과장님의 고민

역 앞에 있는 회원제 헬스장.

나는 친구의 권유를 받아 회원이 되었고…… 그 뒤 거의 이용하지 않아 연회비만 계속 낭비하는 상태였다.

오랜만에 와 보니 헬스장 안은 많이 변해 있었다.

새로운 기구가 늘었고, 탈의실도 새로워졌다.

운동복으로 갈아입고 가볍게 워밍업한 뒤 초보자용의 간단한 기구로 운동을 하는데―.

"어라~? 이게 얼마 만이래?"

익숙한 목소리가 들렸다.

돌아보자 낯익은 친구가 있었다.

밝은색으로 염색한 머리카락과 길게 찢어진 눈. 가녀린 체형이지만 근육질로 탄탄하다. 쓸데없는 군살은 전혀 느껴지지 않는다. 스포츠 브라 타입의 운동복이 단련된 육체에 잘 어울렸다.

"오랜만이네, 카에."

"응. 진짜 오랜만이야, 유이코."

움직이던 팔을 멈추고 말하자 여느 때처럼 가벼운 대답이 돌아왔다.

이누카이 카에.

내 대학 동창이고 지금도 이따금 한잔하러 가는 친구다.

일과 상관없이 관계가 이어지는 몇 안 되는 친구 중 하나다.

다시 그녀를 보았다.

뭐랄까…… 눈길이 사로잡혔다.

대단하다. 역시 카에는 스타일이 좋다.

도저히 동갑으로는 보이지 않는다.

역시 댄스 강사다.

운동복의 형상 때문에 배가 훤히 드러났지만, 군살은 전혀 없다. 군살은커녕 복근이 희미하게 갈라졌다.

동갑으로서…… 슬퍼졌다.

나는 절대 이런 옷을 입고 남들 앞에 나설 수 없다.

"응? 왜 그래? 왜 빤히 보는데?"

"아니야. 몸이 좋길래."

"아하하, 고마워. 하지만 네가 말하면 비꼬는 거 아냐? 너도 아주…… 몸이 좋아."

히죽히죽 웃으며…… 내 가슴을 봤다.

"우와, 오랜만에 봐도 훌륭하네요. 눈이 호강합니다."

"그러지 마. 그거 성희롱이야."

"아하하하. 미안, 미안."

살며시 웃는 카에.

"그런데 웬일이야? 유이코 네가 자주적으로 헬스장에 오다니. 내가 가자고 해도 귓등으로도 안 들었으면서."

이 헬스장을 소개해 준 사람이 카에였다.

약 1년 전. 서른도 넘었으니 슬슬 의식해서 몸을 단련해야겠다 싶어서 이 헬스장의 회원이 되었고…… 그 뒤 두세 번 다니고는 발길을 끊는 흔한 패턴.

그런 내가 왜 오랜만에 왔는가 하면—.

"……그냥."

애매하게 말을 흐렸다.

불현듯 헬스장에 온 이유는…… 말하기가 좀 어렵다.

"흐음? 뭐든 상관없지만. 운동해서 나쁠 건 없으니까."

카에는 적당히 말하고 근처에 있는 기구에 앉았다.

그 뒤 카에와 함께 열심히 운동했다.

……그렇게 말하고 싶지만, 운동 부족인 30대가 그렇게 갑자기 열심히 운동을 할 수는 없다.

적당한 휴식 사이로 강도 높은 운동을 하는 카에를 옆눈으로 바라보며 내게 맞는 가벼운 운동을 반복했다.

"푸하. 역시 운동 후에 마시는 프로틴은 최고라니까."

운동이 끝난 뒤, 헬스장의 휴게실에서 휴식.

카에는 직접 챙겨 온 프로틴을 마셨지만, 나는 그렇게까지 의식해서 몸을 만들 수는 없기에 평범하게 자판기에서 스포츠 드링크를 뽑았다.

캬아, 맛있다. 살 것 같다.

"아, 참. 저번에 새로운 레오파드 샀는데 볼래?"

"볼래."

곧바로 응했다.

카에의 취미는— 파충류 사육.

대량의 도마뱀과 소수의 뱀을 키운다. 방 하나를 통째로 파충류 방으로 만들었다. 누가 봐도 개를 키울 것 같은 이름이면서 포유류 반려동물에는 전혀 관심이 없다.

무엇을 감추랴. 나의 '파충류 동영상 감상'이라는 취미는 카에의 영향을 받은 것이다.

"와, 귀여워라. 새하얗고 예뻐……."

"그렇지~? 파충류 이벤트에서 봤는데, 한눈에 반해서 바로 사 버렸어."

스마트폰의 화면이 슬라이드되며 하얀 몸 색을 가진 레오파드 게코의 사랑스러운 모습이 잇따라 흘러갔다.

"앤 알비노야?"

"미묘하게 달라. 알비노와 블리자드를 교배한 블레이징 블리자드라는 모프야. 하얀색이 아주 예쁘지."

레오파드는 개체에 따라 몸 색과 모양이 다르고, 그런 유전적 특징 패턴을 속칭 '모프'라고 부른다. 다른 특징을 가진 모프를 교배해 양쪽의 특징을 가진 새로운 모프가 탄생하는 것이다.

"흐아아~ 레오파드는 더 늘리지 않기로 결심했는데."

"작년에 너무 많다고 했잖아."

"그래. 작년에는 상태가 좋았거든. 원하는 조합마다 상성이 좋아서 금방 교미해서 임신됐지……. 보통은 좀처럼 교미까지 가지 않는 경우도 많은데."

한숨 섞어 말한 뒤,

"앗. 교미하니 생각났는데."

하고 뭔가 떠오른 듯 말을 이었다.

"유이코 너 요즘 섹스는 해?"

"풉."

음료를 뿜었다.

화제 전환이 너무 급하잖아!

"콜록…… 가, 갑자기 뭘 묻는 거야?"

"궁금하잖아? 같은 30대 돌싱이 밤 생활을 어떻게 하는지 말이야."

"…………."

"이렇게 대놓고 물어볼 만한 것도 너 정도밖에 없거든."

"……너무 대놓고 물어보지 않았으면 좋겠는데."

하지만— 듣고 보니 이해는 됐다.

나도…… 이런 이야기를 대놓고 할 수 있는 친구는 카에 정도밖에 없다.

그 일을 상의한다면 카에에게 할 수밖에 없다.

"그래서? 어떤데? 유이코."

"……다른 데서 이야기하자."

"오오. 그럼 한잔하러 갈까? 좋지. 오늘 밤엔 집에 안 보낸다~."

카에는 만면에 미소를 지었다.

헬스장을 나선 뒤, 우리는 일반적인 술집으로 향했다.

……사네자와를 꼬셨을 때는 폼을 잡느라 고급스럽고 세련된 술집을 예약했지만, 친구와 마실 때는 역시 친숙한 가게가 좋다.

개별 룸에 들어가 건배하고, 일단은 가볍게 근황 보고.

한 시간 정도 지나, 이야기는 드디어 본론으로 들어갔다.

꽤 세속적인 본론으로.

"하아~ 그렇구나……. 상대 남자가 안 섰다고……?"

레몬 사와를 한 손에 들고 무겁게 말했다.

내용이 내용인 만큼 기겁하거나 웃을 것도 각오했는데, 카에는 진지한 말투로 상담에 응해 주었다.

참고로— 나는 논알코올 하이볼을 주문했다. '다이어트 중'이라고 대충 얼버무리자 깊게 추궁하지는 않았다.

뭐…… 다이어트 중인 것도 거짓말은 아니니까.

"그래서 충격을 받은 거구나?"

"……충격이라기보다는 어떻게 하면 좋을지 모르겠어."

"그래, 이해해. 나도 몇 번인가 경험해 봤거든. 그거 진짜 어쩌면 좋을지 모르겠더라. 마냥 어색하고 분위기가 이상해져."

진심으로 공감한 듯 말했다. 나보다 연애 경험도, 거쳐

간 사람도 많은 카에는 이런 상황에도 익숙한 모양이었다.

"상대가 몇 살쯤 됐는데? 나이 탓일지도 모르는데."

"나이는 아니지 않을까……? 아직 스물셋이거든."

"스물셋?!"

눈이 휘둥그레진 카에.

"말도 안 돼……. 유이코, 그렇게 젊은 사람을 잡았어? 범죄잖아!"

"버, 범죄 아니야! 성인인걸!"

"범죄나 다름없지……. 오~ 우와~ 깜짝이야. 설마 고지식한 유이코가 그렇게 젊은 남자와 잘 줄이야……."

물론 아이를 만드는 일은 카에에게도 비밀이다. 사네자와에 대해서는 '친해져서 몇 번인가 섹스한 남자가 있다'고만 설명했다.

카에도 그런 섹스 파트너 같은 남자는 있는 모양이라 그건 딱히 깊게 추궁하지 않았다.

"좋겠다~. 나도 스물셋이랑 섹스하고 싶다. 회춘하고 싶어."

깊게 한숨을 쉬며 어디까지 본심인지 알 수 없는 말을 했다.

"하지만 20대라면 육체적인 문제일 가능성은 낮겠네. 아마 정신적인 문제겠지."

"정신……. 그렇겠지?"

"마침 컨디션이 안 좋았을지도 모르니 너무 깊게 생각하지 않아도 되겠지만…… 앗. 혹시."

카에는 씩 웃으며 말했다.

"네가 갑자기 헬스장에 온 건…… 그 사람 때문이야?"

"─윽."

"다음 섹스에 대비해서 몸을 만들어 예뻐 보이려고 한
거야? 우와~ 귀엽네."

"~~윽! 시, 시끄러워! 내 마음이야!"

황급히 부정하고 논알코올 하이볼에 입을 댔다.

도무지 받아칠 수가 없었다.

왜냐하면─ 정곡을 찔렸으니까.

"……어쩔 수 없잖아. 섹스가 꽤 오랜만이니까. 이왕 할
거면…… 예쁜 몸을 보여주고 싶단 말이야."

"유이코……."

"그보다 그 사람…… 벗으니까 굉장했어!"

나는 온 힘을 다해 호소했다.

알코올 때문인지 상태가 이상해졌다.

"몸이 아주 좋더라고! 날씬한데 탄탄하고 복근도 있고,
젊음이 폭발하는 몸이었어! 그렇게 싱싱하고 젊은 몸을 보
니까…… 내 몸이 엄청 초라하게 느껴지더라고……."

점점 목소리가 작아졌다.

"……그 사람이 안 섰던 것도, 어쩌면 내 몸 때문일지도
몰라……. 조금 더 날씬하고, 조금 더 탄탄하면 제대로 흥
분해서……."

"아니, 너무 부정적이야."

진저리 치듯 말하는 카에.

"야, 남자는 오히려 조금 살집이 있는 정도를 좋아해. 나처럼 복근 있는 여자보다 너처럼 조금 틈이 있는 편이 더 인기 있다고."

강한 어조로 말했다.

위로해 주는 건 알겠지만, 면전에 두고 '살집이 있다', '틈이 있다'고 하니 조금 슬펐다.

"나도 남자들이 별로 안 좋아한다는 건 알고 몸을 만드는 거야. 나를 위해서 하는 건데 이러쿵저러쿵 떠드는 남자는 정말…… 아~ 아니지. 옆길로 샜네."

카에는 숨을 한 번 내쉬고 다시 나를 보았다.

"아무튼― 네가 풀 죽을 필요는 없어. 알겠어? 잘 들어. 남자 거시기는 사실 아주 섬세하고 성가신 존재야."

카에는 몸을 약간 앞으로 구부리며 말했다.

"사소한 일로 안 서고, 금방 죽지. 남자 본인도 제어할 수 없는 아주 성가신 놈이라니까. 아예 별개의 생물이야, 그건. 주인 말을 더럽게 안 듣는 반려동물이나 다름없지."

"그, 그래?"

"그럼. 거시기는 그런 놈이야."

그렇구나.

거시기는 그런 놈이구나.

"여자가 일일이 과민하게 반응하면 남자는 괜히 더 압박을 느낄 뿐이야. 아까도 말했지만, 너무 깊게 생각하지 않아도 돼. 자신감을 가져. 너는 남자가 흥분할 섹시한 몸을 갖고 있으니까."

"……무슨 칭찬이 그러냐?"

살짝 딴죽을 걸었다.

마음이 조금 가벼워졌다.

"그래……. 고마워, 카에."

"응. 뭐, 말은 그렇게 했지만 노력은 하는 게 좋을 거야."

"노력……?"

"남자를 기쁘게 해주려는 노력 말이야. 유이코, 서비스는 잘하고 있어? 여기나 여기."

'여기'에서 손을 위아래로 움직였고, 두 번째 '여기'에서 입을 가리켰다.

말뜻을 이해하고 얼굴이 화끈거렸다.

"그, 그건……."

"여자라고 그냥 누워만 있으면 안 돼. 섹스는 쌍방향 커뮤니케이션이니까. 게다가 상대는 젊잖아? 연상의 누나랑 하는 거면 테크닉에 기대하는 부분도 있지 않겠어?"

"윽! ……여, 역시 그런가?"

사네자와도 그런 걸 기대할까?

내게…… 밤의 테크닉 같은 걸.

기대에 부응하고 싶은 마음은 있지만…… 아쉽게도 내게는 그 정도의 경험도 테크닉도 없다. 게다가 너무 적극

적으로 굴어서 '우와. 30대 여자라 성욕이 대단하네……'
라고 생각하기라도 한다면 다시는 회복할 자신이 없다.

"하지만…… 난 그렇게 경험이 없으니까."

"음~ 직접적인 테크닉이 아니라도 예를 들면—."

카네가 몸을 앞으로 내밀어 까딱까딱 손짓했다.

귀를 기울이자 작은 목소리로 속삭였다.

그 내용에— 깜짝 놀랐다.

"뭐, 뭐어?! 무, 무슨 소리야?! 농담이지……?!"

"아니, 진짠데."

기겁한 내게 카에는 깊게 고개를 끄덕였다.

"전에 꽤 연상인 남자와 사귀었을 때…… 쉰 살 정도였
나? 그 사람 나이 때문인지 밤에는 그저 그랬지만, 이걸
했을 때는 얼마나 맹렬했다고."

"……저, 정말?"

"유치하긴 하지만, 역시 남자는 몇 살을 먹어도 그런 걸
좋아할 거야. 섬세하고 예민하고…… 하지만 결국엔 바보
같은 생물이야, 정말."

"…………."

진지하게 이야기하는 카에의 말에 나는 어안이 벙벙할
수밖에 없었다.

카에가 말한 아이디어는— 얼토당토않은 것이었다.

보통은 절대로 채택하지 않는다. 100만 엔을 준다고 해
도, 칼을 들이대고 협박해도 실행하지 않을 자신이 있다.

하지만— 지금.

　고민이 깊어 지푸라기라도 잡고 싶은 심정인 내게는 그 말도 안 되는 아이디어가 하늘의 계시인 양 느껴졌다.

퇴근길, 독신 미인 상사에게 부탁받아서

제8장 모노우 과장님의 각오

"……하아."

우울했다.

모노우 씨가 사는 아파트를 올려다보고 있자니 한숨이 쏟아졌다.

휴일. 밤 여덟 시.

오늘도 나는 그녀의 초대를 받았다.

얼마 전까지는 이곳에 찾아오면…… 흥분과 긴장이 몸을 지배했다. 어떨 때는 전철 역에서 내리고부터 그녀와 나눌 정사를 상상하며 가슴이 요동쳤다.

가 본 적은 없지만…… 유흥업소 예약을 한 남자는 어쩌면 이런 설렘을 느끼는지도 모르겠다.

하지만 오늘은…… 압박감이 압도적으로 컸다.

지난번의 일이 강렬한 트라우마가 되어 마음속에 캄캄한 어둠이 생겨났다.

어쩌지?

이번에도 서지 않는다면…… 정말로 어쩌지?

몰랐다. 설마 그곳이 발기하지 않는 것이 이토록 정신을 좀먹을 줄이야. 남자로서의 존엄이 크게 손상된 기분을 느끼다니.

……괘, 괜찮다. 분명 괜찮을 거다. 혼자 했을 때는 정상

적으로 기능했고, 아까 자양강장제도 마셨다. 괜찮다, 괜찮다…… 하고 수도 없이 나 자신에게 되뇌며 나는 그녀의 집으로 향했다.

"……어서 와."

그곳에서는 여느 때와 마찬가지로 사복 차림의 모노우 씨가 맞이해 주었다.

"저녁은 먹었어?"

"네, 가볍게 먹었어요."

잡담을 나누며 마음속으로 결심을 굳혔다.

오늘은 실패할 수 없다.

여하튼 우리는— 부부도 연인도 아니니까.

목적은 아이를 만드는 일뿐.

섹스가 불가능하다면…… 내 이용 가치는 사라진다. 쓸모없는 남자는 포기하고 다음 상대를 찾으면 그만이다.

두 번 연속으로 실패한다면 버려지는 것도 당연하리라.

그러니 오늘은— 절대로 실패할 수 없다.

……라고는 하지만, 그런 생각을 하면 괜히 더 궁지에 몰려 실패할 것 같으니 어느 정도는 마음을 편히 먹는 게 좋을지도. 하지만 그렇다고 의식해서 편할 수 있는 것도 아니고—.

"비 안 왔어?"

"안 왔어요. 오늘은 계속 날씨 좋았어요."

"그래? 길을 헤매진 않았고?"

"……네? 아뇨, 여러 번 왔으니까요."

거기서 문득 대화에 위화감을 느꼈다. 뭔가 이상하다. 계속 고민만 하느라 늦게 깨달았지만…… 뭔가가 이상하다.

"모노우 씨, 왜 그러세요?"

"뭐, 뭐가?"

"아뇨, 뭐랄까…… 정신이 딴 데 가있는 것 같아서요."

"아, 아니야, 딱히…….."

어색하게 말하며 눈을 피했다.

그래. 불안정했다. 대화하는 듯하지만 대화하지 않는다.

뭐랄까……? 지금 내 상태와 똑같다.

계속 다른 일로 머릿속이 가득 찬 듯한─.

"……사네자와."

이윽고 모노우 씨는 말했다.

부끄러운 듯, 하지만 각오한 듯한 눈으로.

"잠깐 침대에서 기다려 줄래?"

"네……? 치, 침대에서요?"

"부탁할게."

우격다짐으로 말했기에 나는 따를 수밖에 없었다.

갑자기 시작할 생각일까?

그런데 모노우 씨는 뭘 하는 거지?

이건 뭘 기다리는 시간이지?

조마조마한 마음으로 기다리길— 15분.

드디어 모노우 씨가 침실에 나타났다.

"—윽."

그 모습을 보고 내 눈을 의심했다.

환영이 틀림없다며 몇 번이나 눈을 비볐지만, 눈에 비친 광경은 변함없었다.

그곳에는— 여고생이 있었다.

순백의 블라우스를 입고, 하반신에는 플리츠 스커트. 하지만 그 수비력은 너무나도 위태로워서, 치맛자락으로 오동통한 허벅지가 엿보였다.

모노우 씨가.

업무를 척척 해내고, 회사에서는 존경과 경외를 담은 '여제'라 불리며 동경하는 여자 상사가—.

지금 여고생 복장으로 내 앞에 서 있었다.

"……뭐, 뭐라고 말이라도 해줄래?"

충격을 받은 나머지 할 말을 잃은 내게 모노우 씨가 가느다란 목소리로 말했다.

표정은 매섭지만 볼은 새빨갰다.

마음속에서 솟아나는 수치심과 필사적으로 싸우고 있는 모습이었다.

"저, 저기…… 뭘 하시는 건가요?"

"—윽. 그, 그런 크리티컬한 질문은 삼가는 게 현명해. 내 생사가 걸려 있으니까……."

현기증이라도 일어났는지 몸을 휘청거리는 교복 차림의 모노우 씨.

순수한 의문을 표했을 뿐인데, 아무래도 물어서는 안 되는 돌직구 질문이었던 모양이다.

"……그야, 좋아하잖아? 남자는…… 이런 걸."

눈을 피한 채 변명하듯 말했다.

"치, 친구한테 들었어……. 남친이 기운 없을 때, 여고생 코스프레를 했더니 아주 좋아하며 흥분했다고……."

코스프레.

다시 자세히 보니 교복 짜임이 전체적으로 엉성했다. 아마 할인용품점 등에서 파는 코스프레 제품일 것이다.

급조한 탓인지…… 사이즈도 맞지 않았다.

전체적으로 상당히 작았다.

가슴도 엉덩이도 꽉 끼었다.

풍만한 가슴을 감싸는 블라우스는 당장이라도 단추가 발사될 것 같았고, 치마는 엉덩이가 밀어 올려 상당히 아슬아슬한 곳까지 보였다.

단적으로 말해서…… 대단히 외설스러운 모습이었다.

"어, 어때, 사네자와? 나, 아직 여고생 같아?"

"……윽."

모노우 씨가 매달리는 듯한 눈으로 물었다.

어어, 어느 쪽이냐?! 이거 어느 쪽이 정답인 거냐?!

그렇냐, 아니냐를 따지자면…… 솔직히 상당히 거리가

멀다.

여고생으로는 전혀 보이지 않는다.

그 나이로밖에 안 보인다.

성인 여성이 코스프레하고 노는 걸로만 보인다.

이렇게 풍만하고 섹시한 여고생이 어디 있냐……!

하지만 그렇다고 해서 그걸 솔직히 말하면 즉사 공격이되지 않을까?

여기서는 인명 구조를 우선해야 하지 않을까?

"그, 그럼요. 완전 여고생이에요! 역시 모노우 씨네요!"

"……거짓말만 하고. 됐어. 그렇게 훤히 보이는 빈말은안 해도 돼."

추욱, 의기소침한 모노우 씨.

우와아, 틀렸다!

양자택일 문제를 깔끔하게 틀렸다!

"……영 아닌 건 나도 알아. 나도 조금은 기대했어. 막상입어 보면 '어머, 나도 아직 괜찮네' 하는 거 아닌가 하고.하지만 막상 갈아입고 거울을 보니…… 코스프레한 30대여성이 서 있더라……."

"괘, 괜찮아요!"

웅크려 앉아 침울해하는 모노우 씨를 최선을 다해 위로했다.

뭐가 괜찮은지는 전혀 모르겠지만, 지금 여기서 수습하지 않으면 모노우 씨가 창문으로 뛰어내릴 것 같았으니까.

"확실히······ 여고생으로는 안 보여요. 사회인 여성이 무리해서 교복을 입은 상태 같죠. 그건 그래요. 정말 무리수예요······. 하지만 그렇기 때문에 거기에 배덕스러운 매력이 있는 거죠."

"············."

"뭐랄까, 애초에 에로스는 간극의 문제잖아요? 평범하지 않은 짓을 하기에 에로가 생겨나는 거죠. 청초한 사람이 사실은 경험이 풍부하다든지, 반대로 놀 것 같은 사람이 실은 순정파라든지, 조용한 도서관에서 벗는다든지. 그러니까······ 숙녀와 교복의 조합도 간극이 있어서 생겨나는 도착적인 무언가가 있어요."

"숙녀······."

"아앗, 아니, 아니에요! 방금 그건 말실수예요! 숙녀가 아니에요. 모노우 씨는 숙녀가 아니에요! 성인 업계에서도 숙녀와 교복은 일정 수요가 있는 속성이라고 말하고 싶었을 뿐이에요······. 이 세상에는 더 고령에도 교복 플레이를 즐기는 분이 많을 테니까 모노우 씨가 한다고 해서 나쁠 건 없어요······."

"············."

"아무튼 괜찮아요! 아주 잘 어울려요! 적어도 저는······ 정말 좋아요! 아주 흥분돼요!"

아무튼 나는 전면적으로 긍정했다.

수습의 방향이 맞는지는 모르겠지만.

게다가— 무리해서 추켜세운 건 아니다.

여고생이나 교복에 특별한 집착은 없지만…… 지금의 모노우 씨는 어쩐지 느낌이 왔다. 죽을 만큼 부끄러우면서 무리해 여고생 차림을 한 모습에 형언할 수 없이 도착적인 감정을 느꼈다.

새로운 성적 취향이 눈을 뜰 것 같았다.

계속 얼굴을 숙이고 있던 모노우 씨는 이윽고.

"……정말이야?"

말을 툭 내뱉었다.

"정말 그렇게 생각해? 빈말이 아니라?"

"저, 정말이에요."

"이 순간을 모면하려고 적당히 말한 거 아냐?"

"아니에요."

"정말로…… 흥분돼?"

"돼, 돼요!"

"……그래? 그럼 됐어."

웅크리고 있던 모노우 씨가 벌떡 일어났다.

죽을 것 같던 얼굴에 생기가 돌아왔다.

"지금 이 상황에 세간의 일반적인 평가는 아무래도 상관 없어. 무리수인 건 처음부터 알고 있었고, 그렇게 기대도 안 했어. 만약 어울린다면 잠시 거리를 걸어 볼까, 하는 생 각은 눈곱만큼도 안 했어."

속사포처럼 변명 같은 말을 쏟아낸 뒤,

"이 차림은…… 사네자와만을 위해 한 거니까."

당신이 마음에 든다면— 됐어.

그렇게 말했고.

그녀는 나를 안고 침대에 쓰러뜨렸다.

똑바로 쓰러진 내 옆에 누워 자는 듯한 자세를 취했다.

"오늘은…… 다양한 서비스를 해줄게."

귓가에서 달콤한 목소리가 속삭였다.

"지금까지 조금 수동적이었지만, 오늘은 나도…… 노력해 볼게. 사네자와도 원하는 게 있으면 뭐든 말해."

"모, 모노우 씨……."

몸이 밀착되어 블라우스 너머의 가슴이 눌렸다. 부드러운 손은 음란하게 내 몸을 기어다니며 흥분을 부추기려 했다.

그녀의 하복부에 손을 뻗었다. 치마는 너무 짧아서 쉽게 손을 넣을 수 있었다. 모노우 씨의 엉덩이는 오늘도 감촉이 끝내줬다.

아아…… 어쩌지?

너무나도 마음이 괴로웠다.

지난번에 내가 불능이어서 모노우 씨가 이렇게 적극적으로 변한 것이리라. 부끄러운 차림을 하면서까지 어떻게든 나를 흥분시키려 한다.

그 마음이 정말로 기쁘고 미안했다. 그리고…… 흥분했다. 부끄러움을 참고 음란하게 행동하는 모노우 씨는 정말로 매력적이었다.

본능에 따라 짐승처럼 그녀를 범하고 싶었다.

하지만—.

흥분이 강해지면 강해질수록— 마음속의 어두운 무언가가 짙어졌다.

그녀의 기특한 마음이, 필사적인 모습이…… 허무했다.

이렇게까지 해준 건 나를 위한 게 아니다.

나의— 정자를 위해.

형과 가까운 유전자를 손에 넣기 위해.

우수한 아이를 낳기 위해.

그걸 위해 열심히 노력할 뿐—.

"…………."

마침내 모노우 씨는 내 하복부에 손을 뻗었다. 보통은 이렇게 밀착되면 금세 커진다. 처음에는 몸에 닿기도 전부터 단단해졌을 정도다.

하지만 지금은.

전혀라고 표현해도 좋을 정도로 반응이 없었다.

"……안 되는 것, 같네."

"죄송합니다……."

한심하다. 기껏 모노우 씨가 노력해 줬는데 쓸데없는 생각만 하느라 집중하지 못했다.

"……괜찮아. 신경 쓰지 마."

모노우 씨는 내게서 떨어져 비척비척 일어났다.

"……내가 잘못했어. 역시…… 이건 아니었네. 아줌마가 교복을 입는다고 젊은 사람이 흥분할 리 없지……. 징그러운 모습을 보여서 미안해……. 지금 바로 갈아입을게."

"자, 잠깐만요!"

몹시도 초췌한 모습으로 나가려는 그녀를 황급히 불러 세웠다.

모노우 씨는 아무 잘못도 없다.

다 내 문제다.

성숙하지 못한 내가 잘못이다. 형에 대한 질투와 열등감을 질질 끌며 모노우 씨와의 관계도 분명히 하지 못했다. 나의 지독한 미숙함과 유치함이 지금 이 불편한 상황으로 이어졌다.

"아니…… 아니에요. 모노우 씨 탓이 아니라……."

말하고 싶다. 전하고 싶다. 묻고 싶다.

분명히 말로 해서 명확히 해 두고 싶다.

하지만 그랬다가는─.

"……모노우 씨, 왜죠?"

고뇌와 갈등 끝에 나는 입을 뗐다.

"왜─ 저를 선택한 거죠?"

"……응?"

"아이를 만들 상대로 저를 선택한 건 역시─ 제 형이 축구 선수이기 때문인가요? 우수한 형이 있어서…… 제가 비슷한 유전자를 가졌으니까……."

말문이 막혔다.

방심하면 눈물이 나올 것 같았다.

"따, 딱히, 그게 불만인 건 아니에요. 아이를 원한다면 되도록 우수한 유전자를 바라는 건 당연한 일이지만……."

"…………."

"하지만 재능이 반드시 유전될지는 몰라요……. 실제로 저는 형에 비하면 전혀 재능이 없거든요……. 아하하, 같은 부모 밑에 태어나 비슷하게 자랐는데 왜 이렇게 다른 건가 싶을 정도로……."

이제 내가 무슨 말을 하는지도 모르겠다.

나는 무슨 말이 하고 싶은 걸까?

나는 무슨 말을 바라는 걸까?

그녀를 규탄하고 싶은 걸까, 아니면 거짓말이라도 좋으니 위로받고 싶은 걸까?

아아— 어째서.

어째서 말을 뱉은 걸까?

말로 하면 서로에게 손해여서 기분만 상할 거잖아? 암묵적 양해로 애매하게 넘어가면 더 평온하고 담백하게 굴 수 있었을 텐데.

사실이라도 일일이 말로 하지 않는 게— 어른이잖아.

그런데 어째서.

어째서 내 마음은— 말을 안 듣는 거야……!

"…………."

한동안 침묵한 끝에 모노우 씨는 입을 열었다.

사실을 지적받아 하기 힘든 말을 하려는 표정—은 아니었다.

어안이 벙벙한 표정으로 말했다.

"응? 사네자와, 형이 축구 선수야?"

멍.

정말로 놀란 표정을 지었다.

"네……? 응? 어라? 모, 모르셨어요?"

"응."

"정말이세요? 꽤 소문이 자자했는데……. 제가 입사했을 때."

"그, 그래……? 난 그런 사내 가십에 둔해서……. 여사원들이 근무 중에 떠들면 나무라는 입장이니까……. 아, 하지만 얼핏 들은 것 같기도 하네……. 유명인 동생이 들어왔다고."

"…………."

"형이 유명한 축구 선수야?"

"……이름 들으면 아실 텐데, 사네자와 슌이치로예요."

"…………미안해."

"정말이세요?! 일본 국가대표인데요?"

"난 전반적으로 스포츠에 전혀 관심이 없어서……. 사네

205

자와 슌이치로…… 으음. 전혀 모르겠어…….”

"저기, 있잖아요, 그게. 스포츠 음료 광고에서 '이 맛이 바로 해트트릭!'이라고 한 게 화제였는데…….”

"아, 그 광고는 본 적 있어! 아아~ 그 사람이구나! 그렇구나. 축구 선수였구나, 그 '해트트릭'이라고 한 사람. 앗, ……듣고 보니 사네자와랑 얼굴이 닮은 것 같아.”

납득하는 모노우 씨.

연기……는 아닐 것이다.

형에 대해 모노우 씨는 정말로 몰랐던 것이다.

"자, 잠시만요. 그럼— 왜 저였죠? 형이 이유가 아니라면 저를 상대로 고를 이유 같은 건…….”

"……잘 모르겠지만.”

모노우 씨는 말했다.

말을 고르듯이.

"무슨 오해를 한 모양이네. 형이 유명인이라고 그 동생을 상대로 고르다니.”

"…………”

"……그래. 굳이 말할 건 없다고 생각했는데, 오해했을 정도이니 제대로 설명할게. 내가 당신에게 이 관계를 부탁하려 한 이유.”

모노우 씨는 나를 향해 자세를 바르게 고쳤다.

"하지만 그렇게 대단한 이유가 있는 건 아니야.”

내 눈을 똑바로 보며 말을 이었다.

"이번에 파트너를 고르면서 내 나름대로 조건 같은 게 몇 개 있었어. 첫 번째는 유부남도, 여자 친구가 있는 사람도 아닐 것. 이건 당연하지. 나중에 분쟁에 휘말리고 싶지 않았고, 상대 여성을 불행하게 만들고 싶지도 않거든."

손가락 하나를 세우며 말했다.

"두 번째는…… 날라리가 아닌 사람. 교섭하기 쉬운 건 날라리일지도 모르지만…… 그런 타입은 입이 가벼워서 싫었어. 그리고 성교를 하는 이상, 성병 리스크도 있으니까. 정조 관념이 분명한 사람을 더 선호했어."

두 개.

"세 번째는…… 두 번째랑 비슷한데, 성실하고 입이 무거운 사람. 약속을 잘 지키는 사람. 이건 말할 것까지도 없겠지?"

세 개.

"네 번째는…… 청결감이야. 역시 중요하지. 나도 몸을 허락할 거니…… 당연히 청결감이나 몸가짐도 판단의 재료에 들어가."

네 개.

"그리고 다섯 번째."

다섯 개.

손가락을 모두 폈다.

그리고 부드럽게 쥐며 자신의 가슴 앞에 두었다.

"내가— 그 남자하고 아이를 낳고 싶다고 생각할 수 있느냐."

모노우 씨는 조금 쑥스러워 하면서도 분명하게 말했다.

"당신과는 지난 1년 동안 계속 함께 일을 했잖아. 나는 계속 상사로서 당신을 봐 왔어."

"…………."

"솔직히 그렇게까지 일을 잘한다는 인상은 못 받았어. 요령이 좋지 않고, 서투르고, 보고 있으면 애가 타기도 했지."

하지만, 하고 말을 이었다.

"당신은 늘 최선을 다했어. 뒤에서 '여제'라고 불리는 나의 엄격한 지도에도…… 불평 한마디 없이 따라왔지. 진지하고, 성실하고…… 다정한 청년이었어."

"…………."

"카노마타 씨 일 말고도 몇 번인가 있었어. 자신을 제쳐두고 곤경에 처한 사람을 돕는 일이……. 서투른 주제에 사람은 좋아서 상사로서는 평가하기 어려웠지만…… 신기하게도 보고 있으면 싫지 않았어."

"…………."

"그러다 어느 날 문득 생각했어."

모노우 씨는 말했다.

훗, 하고 문득 떠오른 듯 작게 웃으며.

"사네자와와 나의 아이라면 분명 귀여울 거라고."

"…………."

"여기까지가 내가 사네자와를 고른 이유……려나?"

나는— 아무 말도 할 수 없었다.

"……미안해. 역시 기분 나쁘지……?"

내가 침묵했기 때문인지 모노우 씨는 홀로 반성하기 시작했다.

"완전히 성희롱이야……. 업무 중에 부하를 보고 '이 사람과 내 아이를 원한다'고 생각하다니……. 남녀를 바꿔서 생각하면 완전히 해고 안건이야……. 아아, 역시 말하지 말 걸 그랬어………."

기분 나쁘다는 생각은 눈곱만큼도 하지 않았다.

그러기는커녕—.

"……응? 사네자와……."

모노우 씨가 놀란 목소리를 냈다.

그제야 겨우 깨달았다.

내 뺨에— 눈물이 흐른다는 것을.

"응? 으앗, 이게 뭐야……. 죄송합니다. 왜 제가……."

황급히 눈물을 닦았지만, 자꾸만 흘러내렸다. 가슴속에서 형언할 수 없는 감정이 솟구쳐서 억누를 수 없었다.

그것은 아마 안도이자 환희와도 비슷한 감정이었을 거시다.

이 사람은, 모노우 씨는— 나를 제대로 봐줬구나.

형이 아니라 나라는 사람을.

처음에 말했던 대로, 딱히 대단한 이유는 아니었을지도 모른다.

하지만 그래도— 방금 한 말은 내가 계속 찾던 말이었던 것 같았다.

"죄송합니다. 괜찮아요……. 절대 슬퍼서 우는 게 아니에요……."

"……못 말려."

모노우 씨는 작게 한숨을 쉬고, 내게 한 걸음 다가왔다.

그리고 가볍게 머리를 쓰다듬어 주었다.

"너무 울면 안 돼. 남자잖아."

"……어린애 취급하지 마세요."

"어린애나 마찬가지지. 스무 살 안팎이면."

"……여고생 차림을 한 사람이 할 소린가요?"

"~~윽! 그, 그게 지금 무슨 상관이야!"

모노우 씨가 얼굴을 새빨갛게 물들이며 화를 내었고, 나는 웃고 말았다.

마음이 아주 가벼워졌다.

그 뒤로는 뭐라고 하면 좋을까?

자연스레 자고 가는 흐름으로 이어지며 자연스레 할 것을 했다.

내 몸은 정말로 타산적이어서…… 형 일이 착각이라는 걸 안 순간, 아무 문제 없이 기능했다.

예민하긴 하지만, 의외로 성능이 좋은 녀석인지도 모르

겠다.

한바탕 일을 마치고 일단락된 뒤—.

정신을 차리고 보니 나는 내 얘기를 하고 있었다.

지금까지의 인생에서 대부분을 걸었던 내 축구 역사를.

필로우 토크로 과거 이야기를 하다니, 너무 폼을 잡나 촌스러운 느낌도 들지만…… 어쩐지 들려주고 싶었다.

"깜짝 놀랐어……. 사네자와가 진심으로 프로 축구 선수를 노렸었다니……. 그렇구나. 그래서 몸이 좋구나……."

"제 몸이 좋나요?"

"응?! 아, 그게…… 으, 응. 뭐, 좋지 않아?"

옆에 누운 모노우 씨는 조금 동요한 느낌으로 말했다.

"무릎, 지금은 안 아파?"

그 뒤 목소리 톤을 조금 낮추고 조심스레 물었다.

"일상생활에는 전혀 문제없어요. 축구도 취미로 하는 정도라면 괜찮다고 하고요."

"……무릎 상처가 설마 그렇게나 큰 부상이었을 줄은 몰랐어."

무릎에 있는 수술 자국은 처음 호텔에 갔을 때 봤던 모양이다.

뭐, 본다고 해도 가볍게 물어볼 수 있는 이야기는 아닐 테지만.

"그렇구나……. 부상만 없었으면 사네자와는 지금쯤 내 부하 직원이 아니라 축구 선수가 됐을지도 모르겠네."

"……글쎄요. 잘 모르겠어요."

애매하게 웃었다.

보통은— 적당히 웃으며 이야기했을 것이다. '그래, 부상만 없었으면 지금쯤 일본 국가대표가 되었을 거야'라고 농담 섞어 말하면 분위기도 해치지 않는다. 주위 사람들은 동정하는 것 같아도 결국 그저 잡담으로 물을 뿐이니 내가 진심으로 말해봤자 분위기만 썰렁해질 뿐이다.

하지만 지금은—.

"원래 간당간당했거든요. 부상이 없었어도 프로는 되지 못했을 거예요. 아…… 하지만 부상이 없었다면 지금도 어느 사회인 축구팀에서 열심히 축구를 했으려나……? 따라잡지도 못하는 형의 뒷모습을 필사적으로 쫓으며…… 쫓는 척만은 제대로 하면서요."

신기한 기분이 들었다.

살갗을 포갠 이후이기 때문일까?

꾸밈없는 말이 자연스레 쏟아져 나왔다.

"……다쳤을 때는 충격에 절망도 했지만…… 마음속 어딘가에서 안도했어요. '더는 노력하지 않아도 되겠구나' 하고요. '변명거리가 생겼다', '그만둘 이유가 생겼다'고요."

말했다. 말하고 말았다.

부모님에게조차 털어놓은 적 없는 진심을.

"사실은 오래전부터 계속 포기했었어요. 프로가 될 수 있는 그릇이 아니란 걸 제가 제일 잘 알았죠……. 하지만 저를 무시하던 녀석들의 생각대로 되기는 싫어서……. 게다가 부모님은…… 계속 저를 믿고 응원해 주셔서……. 더는 어떻게 해야 할지 몰라서…….”

멈추지 않았다.

봇물 터진 듯 말이 쏟아졌다.

진짜 내가— 훤히 드러났다.

“다쳐서 그만둔다면 주위에서 ‘부상만 없었다면’ 하고 생각해 주겠지. 재능이 없어서 스스로 그만두는 것보다 덜 한심하겠지……. 그렇게 생각했어요. 최악이에요. 정말 비참하고, 구리고, 볼썽사나워요…….”

“…………..”

모노우 씨는 아무 말 없이 나를 부드럽게 안아 주었다.

따뜻했다. 온몸을 감싼 체온은 나약함과 미숙함을 통째로 감싸 모든 것을 받아들여 주는 듯했다.

계속 애쓰며 살아 온 기분이 들었다.

축구를 그만둔 날부터 계속.

빨리 어른이 되고 싶었다.

어른이 되면— 미숙한 과거를 전부 웃어넘길 수 있다고 생각했다.

그래서 필사적으로 폼을 잡고, 마음을 숨기고, 어른이 된 척을 했다.

하지만 지금.

그녀의 앞에서 옷과 함께 모든 것을 벗어 버렸다.

나약함도 한심함도 숨기지 않고 몸도 마음도 벌거숭이가 되었다.

다친 아이가 엄마에게 안겨 엉엉 울 듯이 받아들여 주길 기대하고 어리광을 부렸다.

그건 어쩌면 아주 부끄러운 행위일지도 모른다.

성인 남성이 할 행동이 아닐지도 모른다.

하지만 지금은…… 그 모든 게 상관없었다.

나는 그녀의 품속에서 편안하게 잠들었다.

다음 날.

나는 또 모노우 씨보다 늦게 일어났다.

"조, 좋은 아침입니다."

"어머. 일어났구나?"

황급히 침실에서 뛰쳐나가자 모노우 씨는 이미 몸단장을 마치고 커피를 마시고 있었다.

"잘 잤어?"

"아, 네……. 그, 어제는 죄송했어요. 뭔가, 전체적으로."

"무슨 소릴까? 벌써 잊어버렸어."

커피 끓일게.

모노우 씨는 태연히 말하고 주방으로 갔다.

즐겨 마시는 차콜 커피 봉지를 꺼내 스푼을 넣었다.

"참. 식사 중에 할 얘기는 아닐 테니 먼저 말하겠는데."

온수를 부으며 모노우 씨는 말했다.

"이번엔 실패한 것 같아."

"네……?"

"아침에 일어났더니 시작된 거 있지."

가볍게 말하며 배 앞에 손을 두었다.

그 동작으로 짐작했다.

생리가 시작되었다는 건가?

그 말인즉— 이번에는 임신하지 않았다는 것.

"……뭐, 뭐라고 말하면 좋을지."

"신경 쓰지 않아도 돼. 그렇게 금방 생길 거라고 생각 안 했어."

풀이 죽은 모습도 없이 산뜻한 말투였다.

"엄마도 임신이 잘 안 되는 체질이었다나 봐. 나를 임신할 때까지 제법 고생했대. 그러니까…… 나도 시간이 걸릴지도 몰라."

먼 산을 바라보며 말했다.

그리고 커피를 끓인 컵을 들고 와 내 앞에 놓았다.

"장기전이 된대도 사네자와는 함께해 줄 거야?"

그것은— 신기한 어조였다.

상사가 부하 직원에게 말하는 지시 같기도 하고, 남녀의 밀당 같기도 했다.

연인에게 어리광을 부리는 듯하면서도 동시에 시험하는 듯한.

여하튼 내 대답은 하나였다.

"네."

고개를 끄덕이며 컵을 들고 입에 댔다.

며칠 만의 차콜 커피에는 역시 독특한 쓴맛이 있었다.

퇴근길, 독신 미인 상사에게 부탁받아서

에필로그

갑작스러운 부탁을 받은 뒤 한 달이 지났고―.

이야기는 처음으로 이어진다.

도내의 러브호텔, 302호실.

오늘도 나는 그녀와 몸을 포갰다.

모노우 씨가 거래처 사람들과 함께 식사하게 되어 나도 거기에 동행했다. 9시가 되기 전에 현지 해산했지만― 그 뒤 우리는 호텔로 발을 옮겼다.

둘이서 호텔에 들어가는 건 삼가자는 이야기를 하긴 했지만, 어쩌다 보니 들어오게 되었다.

우리는 그런 식의 '흐름'으로 훌쩍 호텔에 들어오는 관계가 되었다.

"―페어링이란 거 알아?"

한바탕 일이 끝난 뒤.

속옷만 입은 모노우 씨가 문득 말했다.

"페어링…… 페어인 링을 말하나요? 커플이 착용하는."

"그게 아니라 반려동물 업계 등에서 쓰는 거 말이야."

"반려동물 업계……?"

"번식 목적으로 암수 조합을 만드는 걸 페어링이라고 해. 반려동물의 미팅 같은 거라고나 할까? 도마뱀을 좋아하는 친구도 자주 해. 꽤 어렵다나 봐. 개체마다 상성도 있어서 페어링되어도 교미까지 진행되지 않는 경우도 있대."

"흐음……."

하나 배웠다고 생각하는데,

"우리 관계— 그렇게 부르는 건 어때?"

라고 말을 이었다.

"네?"

"말하기 좀 성가시지 않아? '그 건'이나 '그 일'이라고 에둘러 말하잖아……. 그렇다고 아이 만들기나 섹스 같은 생생한 표현은 조금 거부감이 들고."

"아아……."

그건 그렇다.

일일이 말을 고를 필요가 있었다.

"괜찮은 명칭이 없을까 생각했어. 페어링……. 나쁘지 않은 표현 아닐까? 어감도 좋고, 밖에서 말해도 이상한 말이라고는 생각하지 않을 것 같아……. 응. 내가 생각해도 좋은 네이밍이야."

페어링.

번식 목적으로 암수를 교미시키는 것.

모노우 씨가 무슨 생각을 하는지는 모르겠지만, 내게는 왠지 비꼬는 네이밍처럼 느껴졌다.

우리는 부부도 연인도 아니다.

그저 아이를 만들기 위해 섹스만 하는 관계.

그 사실을— 새삼 일깨워 주는 것 같았다.

물론 그것은 당연한 얘기라, 지금 이상을 바라서는 안 되지만.

내가 사인한 계약서에도 적혀 있다.

· 어느 한쪽이 진심을 품는다면 이 관계는 종료한다.

우리의 관계가— 더 진전될 리는 없다.

키우는 도마뱀과 마찬가지다. 암수가 교미해서 아이를 만든다고 해서 그 녀석들이 부부나 연인이 되는 건 아니다. 새끼를 몇 마리 만들든 아빠도 엄마도 개별적인 개체로서 독립해 살아갈 뿐이다.

페어링.

부부도 연인도 아닌, 번식을 목적으로 한 암수 커플링.

그렇구나.

얄궂지만— 실로 핵심을 찌른 네이밍이다.

"좋네요. 이제부터 그렇게 불러요."

나는 말했다.

아마 어떻게든 미소를 지었을 것이다.

잡담은 그만하고 집에 갈 준비를 했다.

내일도 평범하게 일을 해야 한다.

너무 여유를 부릴 수는 없다.

"일단 따로따로 나가는 게 좋을까? 같이 들어와 놓고 할 말은 아닌 것 같지만."

"그럼 제가 먼저 나갈게요."

재빨리 준비를 마친 뒤 나는 모노우 씨를 두고 호텔을 나섰다.

걷는 속도는 나도 모르게 빨라졌다.

조금이라도 속도를 늦추면— 나도 모르게 호텔로 돌아갈 것 같았으니까. 아직 그녀와 함께 있고 싶은 마음을 억누를 수 없을 것 같았다.

"……윽."

숨쉬기가 괴로웠다.

가슴이 죄어드는 듯 아팠다. 좀처럼 어른이 되지 못한 나지만, 이 고통의 이유를 모를 정도로 어리지는 않은 모양이었다.

애절함과 답답함 때문에 가슴이 찢어지는 것 같았다.

아아—.

모노우 씨.

저는 어쩌면 좋을까요?

안 된다는 걸 아는데.

진심이 되면 끝이라고 했는데.

지금 이상을 바라면 이 관계마저 무너지는데.

저는.

저는.

당신이 진심으로 좋아졌습니다.

작가 후기

인간의 3대 욕구는 식욕, 수면욕, 성욕이고, 이중 식욕과 수면욕은 자신의 육체를 유지하기 위해, 성욕은 자손 번영을 위한 것이라는 모양인데…… 실제로는 어떨까요? 우리는 본능적으로 자손 번영을…… 즉, 아이를 원하는 걸까요? 성욕이라면 대개의 사람이 있지만, 아이를 원하는지는 사람마다 다르죠. 시대나 사회의 풍조와도 다양한 관계가 있고요. 하지만 그렇다고 '아이를 원한다'는 마음이 모두 환경이 초래한 후천적 소망이냐고 묻는다면, 조금 원시적이고 본능적인 부분의 욕구인 것도 같습니다. 인간 이외의 동물도 교미는 하지만, 그들은 그저 본능만으로 교미하는지, '아이를 만들자'고 생각하고 하는지. 뭐…… 답이 나오지 않는 질문이네요.

그런 저는 노조미 코타입니다.

여자 상사가 히로인인 새로운 시리즈. '아이는 갖고 싶어. 하지만 결혼도 연애도 하고 싶지 않아'. 그런 가치관을 가진 여상사와, 다정하지만 조금 미덥지 못한 부하 직원이 누구에게도 말할 수 없는 둘만의 관계를 이어가며 서서히 빠져갑니다.

지금 작품은 뭐랄까…… 어른의 러브 코미디를 그리고 싶었습니다!

육체관계가 목표가 아니라 시작점이자 기점이기도 한 스토리를.

더는 어린애가 아닌 어른들의 연애 모습…… 즐겁게 보시기를 바랍니다.

하지만 제가 생각해도…… 용케 출판됐네요. 라노벨에서는 역시 도전적인 소재라고 생각했고, 사실 여기저기서 문전박대를 당했습니다. 출판을 결단해 주신 스니커 문고에는 감사드릴 따름입니다.

그리고 놀랍게도— 코미컬라이즈도 시작됩니다! 기대해 주세요!

이하 감사 인사입니다.

담당자 칸베 님. 감사합니다. 담당자님이 맡아 주지 않으셨다면 이 작품은 세상에 나오지 못했을 겁니다. 일러스트레이터 시노 님. 멋진 일러스트를 그려 주셔서 감사합니다. 특히 모노우 씨의 디자인이 최고입니다. 제가 바라던 여자 상사의 모습 그 자체였습니다.

그리고 독자 여러분께 가장 큰 감사를 드립니다.

그럼 인연이 닿는다면 2권에서 만나요.

노조미 코타

SHIGOTOGAERI, DOKUSHIN NO BIJINJOSHI NI TANOMARETE Vol.1
©Kota Nozomi, Shino 2023
First published in Japan in 2023 by KADOKAWA CORPORATION, Tokyo.
Korean translation rights arranged with KADOKAWA CORPORATION, Tokyo.

퇴근길, 독신 미인 상사에게 부탁받아서 1

2024년 9월 1일 1판 1쇄 발행

저 자	노조미 코타
일 러 스 트	시노
옮 긴 이	조민경
발 행 인	유재옥
담 당 편 집	정지원

이 사	조병권
출판본부장	박광운
편 집 2 팀	정영길 조찬희 박치우 정지원
편 집 3 팀	오준영 이소의 권진영
디자인랩팀	김보라 차유진
디지털사업팀	박상섭 김지연 윤희진
라이츠사업팀	김정미 맹미영 이윤서
영업마케팅팀	최원석 박수진 이다은
물 류 팀	허석용 백철기
경영지원팀	최정연
발 행 처	(주)소미미디어
인쇄제작처	코리아피앤피
등 록	제2015-000008호
주 소	서울시 마포구 토정로 222, 502호(신수동, 한국출판콘텐츠센터)
판매및마케팅	(070)8822-2301

ISBN 979-11-384-8421-3 04830
ISBN 979-11-384-8420-6 (세트)